帝王決

七 決戰前後

水鵬程◎著

目錄 CONTENTS

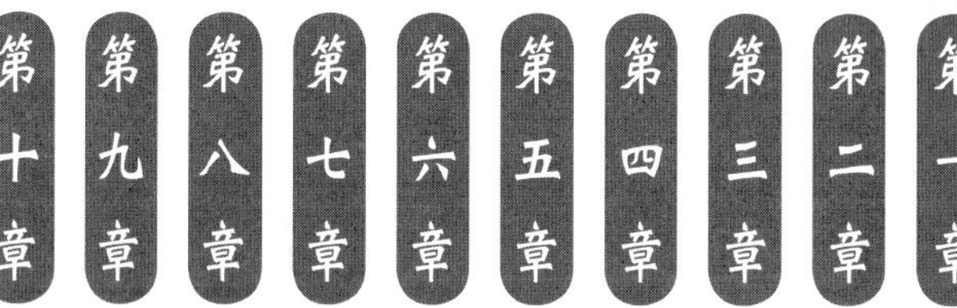

第一章

破釜沉舟

「大元帥，晉軍陳兵在此，是不是想效仿楚霸王，
來個破釜沉舟？」陽騖擔心地說道。
「哈哈，桓溫不是項羽，項羽也非桓溫，
此一時，彼一時，等著看吧，
我大燕的鐵騎勢必要在此擊敗不可一世的桓大司馬！」
慕容恪道。

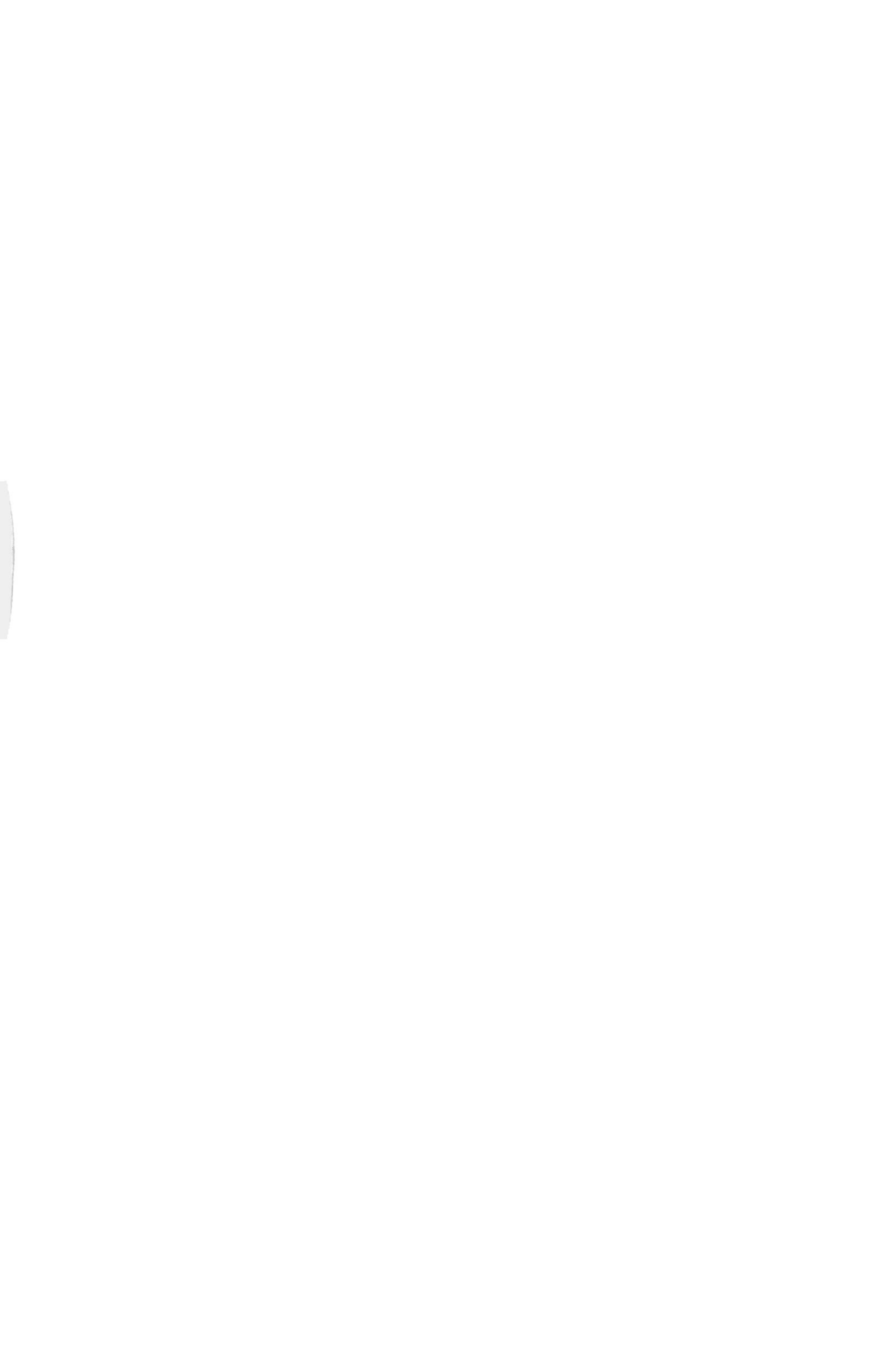

「大元帥，晉軍背後就是潁河，陳兵在此，是不是想效仿楚霸王，來個破釜沉舟？」陽鶩略微有點擔心地說道。

「哈哈，桓溫不是項羽，項羽也非桓溫，此一時，彼一時，等著看吧，我大燕的鐵騎勢必要在此擊敗不可一世的桓大司馬！楚季，漢國那邊有什麼動向嗎？」慕容恪道。

皇甫真答道：「大元帥，漢國厲兵秣馬，十幾萬士兵全部在邊線枕戈待旦，我已經派人通知兗州刺史常鈞，只要漢軍攻來，就避而不戰，全線撤退。另外，晉軍諸葛攸駐守譙郡，暫時沒有和漢國的徐州駐軍發生衝突！不過，漢軍虎視眈眈，我軍決戰之後，也要小心應對才是。」

慕容恪點點頭，問道：「傅彥，三萬連環戰馬準備好了嗎？」

傅彥道：「大元帥放心，三萬連環馬陣已經準備妥當！」

「好！慕容正，命你帶領部下一萬幽州突騎打頭陣，皇甫真，你帶三萬連環戰馬緊隨其後，慕容塵，你領三萬幽靈軍尾隨。慕容垂帶三萬鐵騎攻擊晉軍左翼，慕容強帶三萬鐵騎攻擊右翼。晉軍的左右兩翼比較薄弱，我拖住晉軍中間主力，慕容垂、慕容強，你們務必要擊潰晉軍左右兩翼，一旦左右兩翼潰散，你們不要管中軍，直接向後衝殺，以混亂方陣為目的，只要敵軍陣形一亂，我親自率領大軍殺入，一戰可定！」慕容恪大聲說道。

「諾！」幾位將軍紛紛策馬而走，各自回歸本陣，統帥自己的部眾，鼓舞士兵的士氣去了。

慕容恪身後，一個三十歲的中年男子向前策馬走了兩步，但見他鬚髮焦黃，瘦高個，身體卻十分結實，一雙陰鷙的眼睛閃爍著狡黠與機敏，凝視著戰場，問道：「大元帥，那我呢？」

慕容恪看了一眼背後的人，這是他剛從並州調換過來的孫希，與他並列八大將。

他看孫希面有急色，便呵呵笑道：「你放心，這場大戰絕對少不了你的功勞，現在還不是你出手的時候，你就跟隨在我的身邊，隨時待命！」

「諾！」孫希欠身答道，退後兩步。

「大元帥，我們該回中軍了。」陽鶩淡淡地說道。

「嗯，回中軍，號角響起之時，便是大戰伊始之際。」慕容恪掉轉馬頭，緩緩地駛回了中軍。

鮮卑騎兵善於衝擊攻殺，人借馬力，馬助人威。在這片開闊地正可縱馬砍殺，慕容恪選擇這片戰場，就打算在這裏充分展開兵力，發揮自己的優勢，在馬背上把晉軍的進攻勢頭壓下去。只要晉兵頂不住鮮卑騎兵的衝擊，一旦潰退，那鮮卑騎兵的馬蹄與弓箭便會追上他們，把他們殺得落花流水。這樣，便可一戰成功。

晉軍陣中，桓溫高坐在一輛車架上，車體寬大，幔帳遮蓋，被八匹戰馬拉著，車體的軲轆就有一米半之高。車上有一張舒適的躺椅，躺椅上鋪滿了柔軟的填充物，桓溫坐在上面，悠然自得。

望樓車上的士兵看見對面的燕軍士兵頻繁蠕動，便將情況報告給桓溫，桓溫聽後，宛然一笑，對等候在車旁的眾位將軍喊道：

「諸公！燕軍要開始行動了，你們殺敵立功的機會到了，請各自回歸本陣，嚴陣以待，先守後攻，我軍多為步卒，你們要將各自分配的炸藥充分用上！」

「諾！」眾位將軍齊聲喊完後，紛紛策馬走了。

謝安、郗超站在車上，分別立於桓溫的左右兩側，這兩位都是頗曉軍事的參軍，兩個人目視著遠方黑壓壓一片的燕軍，都緊鎖住眉頭，大氣也不敢出。

桓溫似乎不想揮師上前，與燕軍在這片曠野上面對面地砍殺，而是嚴陣以待，擺出了一副守勢。

他斜眼看了看站在左右兩側的謝安和郗超，問道：「你們兩個人眉頭緊鎖，是不是在擔心什麼？」

謝安當先答道：「大司馬，燕軍陣形乍一看之下十分散亂，雜亂無章，而且散開很遠，綿延出去，一眼望不到頭。可是以大燕名將慕容恪的軍事才能，絕對不會允許部下有這樣的紕漏，我是擔心慕容恪在故意示弱。」

「大司馬，學生也是有此擔心！」郗超急忙道。

桓溫冷笑三聲，從軟椅上站了起來，指了指自己身後的軍隊，又指了指對面清一色黑色戰甲的燕軍，說道：

「二位多慮了，我軍陣容整齊，又背靠潁河，當以破釜沉舟之勢擊敗燕軍。慕容恪雖然是個名將，但是這些日子以來，燕軍節節敗退，士氣低下，縱使慕容恪能耐再大，士兵懼怕了我軍，哪裡還有戰心？二位儘管看著，燕軍一會兒衝殺的時候，必然會死傷無數！哈哈哈！」

「大司馬，我軍左右兩翼薄弱，投石機多設在兩翼，士兵不多，不如從中軍各抽調兩萬人，去增援兩翼……」謝安道。

「安石，你多心了，兩翼之兵已經佈置妥當，本府將投石機設在兩翼，就是為了對付燕軍的，就算燕軍攻破了兩翼，也帶不走那些投石機，而我中軍也會立刻遞補上去，有什麼好擔心的？」桓溫打斷了謝安的話，不屑地說道。

謝安建言道：「大司馬，我軍精銳盡在前面，後面的士兵都是較為薄弱的新軍，他們背靠潁河，如果不明白情況，就會混亂起來，依屬下之見，不如派一大將帶領一萬精銳駐守河岸，以免造成意想不到的後果！」

桓溫想了想，覺得謝安說得頗有道理，便緩緩說道：「將軍們都派出去了，此種大戰，正是他們建功立業的時候……我看不如這樣吧，本府給你一萬精銳之士，你帶著他們到河岸駐防，有你在，後方本府也放心得多。」

謝安點頭應道：「屬下遵命！」

說完話，謝安便下了桓溫的大車，騎上戰馬，帶著一萬精銳之士便向後跑去。

他一邊奔跑著，心裏面一邊嘀咕著：「大司馬驕狂之氣越來越重，如此下去，只怕晉軍會大難臨頭。慕容恪明顯是在用驕兵之計，大司馬卻一點都看不出來，此戰的結果不言而喻。如果我再在前軍待著，只怕性命堪虞，桓溫掌控朝政，根本不把天子放在眼裏，如此下去，難免他不會有廢帝自立的心思。我苦苦建議，他卻聽不進去，也罷也罷，我專心守好後方，就算前軍敗了，也不至全軍覆沒，好給大晉留下一點希望。」

謝安奔跑了十幾里，這才帶著一萬精銳士兵到了潁河岸邊。他剛一到，便命人急忙渡過潁河，讓人在南岸準備好接應船隻，以備不測。

太陽逐漸地升高，紅豔豔的像個巨大的火球，這片荒涼的田野

借著燦爛的陽光，染上了一層生氣。這片一望無際的曠野上沒有莊稼，沒有成片的樹林，野草也長得很是稀疏，像老人枯黃的頭髮。一陣風掠過，荒野上呼呼地響著，像頭巨獸在吼叫，帶著幾分恐怖。極目望去，幾株孤零零的老樹矗立在遠處，像幾個被拋棄的蓬頭散髮的瘋女人，地面則像波浪般微微起伏。

正午時分，烈日驕陽的下面，兩支準備已久的大軍終於展開了最後的角逐。

燕軍進攻部隊的大小將軍用自己的旗幡、號角調動著隊伍，在一個個旗手的率領下，騎士們在戰場上向前運動。開始，他們策馬小跑著，等隊伍一運動開，便齊聲吶喊著突然加速向前衝去。

在這近十里寬的正面戰場上，慕容正領著一萬幽州突騎兵像一支利箭射向晉軍，又如一陣狂風向晉軍捲來。喊叫聲、馬蹄聲震耳欲聾，曠野上頃刻間捲起一股濃烈的煙塵，漸漸佈滿天空。

大司馬桓溫以靜制動，他與幾名親信參謀早已登上了一架望樓車，觀察著燕國大軍的動靜。各個方陣的望樓車上也都站著將領，等待著他的號令。

燕軍陣前兵馬剛一調動，桓溫便慢慢地抬起了右手，一位軍士馬上將一面橙色的三角旗幡伸出望樓車，馬上晉軍陣內的各架望樓車上，都伸出一面橙色的三角旗幡。

接著，各個方陣內響起了齊整的號角聲。各級將領與士卒們拔出刀劍，探下弓箭，做好了戰鬥準備。

一架架拋石機豎起來，緊接著，一台台巨型弩床推出來，正面排開的各個方陣，隨之稍稍變更了方位，迎著燕軍騎兵撲來的方向，構成一道嚴謹的黑牆。

燕軍騎兵呼嘯、吶喊著、瘋狂地向前撲來，晉軍陣地一時並無反應。當燕軍騎兵的前鋒衝到離晉軍陣地還有七八百步的距離時，晉軍陣內的望樓車上變更了彩旗。

馬上，戰陣內「咚、咚、咚」的戰鼓聲起，數百台巨型弩床發射了，一批批大型弩箭帶著尖厲的嘯聲，向撲來的燕軍騎兵的密集隊形射去。

這種遠射程的武器給燕軍騎兵極大打擊，也具有威懾力量。燕軍射手在馬上挽弓射遠，能達百步開外而箭弩仍有殺傷力者，已稱得上是一流的膂力了，根本無法與大型弩箭的射遠能力較量。因此在武器的殺傷力上，燕軍騎士已輸了一陣。

然而，對著飛來的弩箭，慕容正和其部下的燕軍騎士沒有退縮，仍瘋了似的向前衝去。成百上千名騎士慘叫著一批批倒下，有的連人帶馬一起被貫穿，有的被弩箭射中，在馬上被拋了出去，鮮血灑成一片片血雨，人仰馬翻，慘不忍睹。

遠射弩箭威力雖大，也有缺陷。因為它要多人操作發射，這樣，弩箭發射的速率與密度就受到影響；另外，它雖可調整發射角度，但目標靠得越近，它的威力就越小，會有死角。現在，不顧死活的燕軍騎士都拼命地穿越這片死亡之地，向晉軍陣前撲來。

一萬的幽州突騎只剩下不到兩千人，慕容正的臂膀上中了一箭，卻沒有退縮，而是一邊放箭，一邊朝晉軍陣中衝去。

當幽州突騎逐漸減少的時候，在慕容正身後的一支勁旅正在緩慢地駛來，踏著整齊的步伐，三百匹戰馬連成了一排，每個人都身披重重的厚甲，在皇甫真的指揮下緊接著撲了上來。

慕容塵帶領著三萬幽靈步軍，手中拿著四方的炸藥包，戴著面具，穿著黑衣，腰中繫著彎彎的鋼刀，另外一隻手中則帶著火摺子，緊緊地跟隨在連環戰馬的後面。

與此同時，慕容垂、慕容強各帶三萬騎兵開始衝殺晉軍的左右兩翼。鋪天蓋地而來的燕軍騎兵在前部受損將近八千人的時候，終於爆發了，馬蹄踏在大地上所帶來的震撼，是每一個晉軍士兵都從未見過的。

燕軍騎兵在慕容正的帶領下，前鋒突破了呼嘯的弩箭陣，繼續向前猛撲，離晉軍陣地只有三四百步時，晉軍陣中的望樓車上的彩旗又變換了花樣，一架架高大的拋石機發射了。

拋石機是當時一種攻擊與防禦都能使用的軍中利器。它像豎起的一個個門架，使用時，將十來斤重的石彈放在皮兜中，扣好兜繩，再猛拉機索，機索連著梢桿，梢桿翻起，將石彈拋向前方，能拋遠三百步左右，利用的是近代物理學上的槓桿原理。

但是，晉軍的拋石機中放著的並不是石頭，而是一個個被點燃引線的炸藥包。那些炸藥包嘩啦啦像雨點一樣朝燕軍騎兵劈頭蓋臉地砸去，將那些燕軍騎兵炸得鬼哭狼嚎，呼爹喚娘，衝在前面的燕軍騎兵血肉模糊地一批批倒下。

慕容正丟棄了手中的弓箭，換上長槍，看到自己身後的一萬突騎兵只剩下五百多人，他的心中極為難受，這些突騎兵都是他的父親慕容軍訓練多年的成果，結果，只這一次衝殺便在頃刻間化為了烏有。

慕容正和手下的士兵早已經將生命置之度外，突騎兵本就是為了完成突擊衝殺任務的。慕容恪之所以將慕容正放在最前面，就是為了掩護後面的三萬連環戰馬，在慕容恪看來，損失一萬突騎兵，卻能用連環戰馬踐踏晉軍的陣地，從而使得晉軍全線潰散，是一個很值得的交換。

慕容正手持長槍，迎面撥開了一個飛舞而來的炸藥包，剛撥開那炸藥包，便在他的身後爆炸，將他身後的十幾個騎兵連人帶馬瞬間炸死。此時，他已經無法去想像晉軍是如何會有這麼多炸藥包了，只能豁出這條命去奮勇拼殺再說。

「殺！」慕容正用最後的力氣高聲地喊出一句鮮卑話，帶領身後的幾百騎兵瞬間便衝進晉軍的陣地，一陣廝殺之後，便被晉軍嚴密的防守給全部殺死，慕容正也被一個士兵砍掉了腦袋。

站在高崗上觀戰的慕容恪、陽騖、孫希等燕軍將領被眼前的戰況弄傻了，晉軍的實力較之以前真是深不可測，那些攻戰的利器，他們以前沒有真正的領教過，嚇出一身冷汗。

「大元帥，慕容正……慕容正似乎全軍覆沒了！」陽騖淡淡地說道。

慕容恪皺著眉頭，取下了臉上的面具，眼眶裏浸滿了淚水，看到戰場上不斷爆炸的場面以及燕軍的士兵傷亡不斷，他的心痛到了極點。

良久，他擦拭掉淚水，重新戴上面具，將猙獰的容貌展現出來，恨恨地說道：「唐一明竟然給晉軍提供了這麼多炸藥，此戰之後，我必然不會放過他！」

就在一個喘息的時間裏，慕容垂、慕容強、皇甫真三股兵力齊頭並進，一起結實地衝向了晉軍的陣地，任由那些馬蹄踐踏，將晉軍前排的士兵盡皆屠殺！

兩翼的燕軍騎兵瞬間便摧毀了晉軍的投石機，抑制住晉軍再向燕軍發射炸藥，慕容麈的幽靈軍也紛紛展開反攻，幽靈軍士兵紛紛散開，彌補了連環戰馬的兵力不足，將手中的炸藥拋到晉軍的戰陣中。

晉軍的士兵慘叫、怒吼著，被臨近的燕軍騎兵壓制住，看到他們的驍勇，都略微地有了懼意。

戰鬥剛剛開始不到半個時辰，交戰雙方便已經戰死數萬人，陣前血流成河，屍體堆積如山，黃土地已經變成了紅土地，夾雜著濃烈的血腥味，隨風飄蕩，將前線的那種死亡的氣息逐漸地帶到兩軍的後方陣地。

唐一明、陶豹、孫虎就在晉軍的方陣中，這一支被謝尚帶領著的京口勁旅，被安排在桓溫所在的中軍後面。前軍兵器碰撞的聲音、喊殺聲以及炸藥的爆炸聲，紛紛地湧入京口勁旅的耳朵裏，戰場上到處瀰漫著火藥味，混合著血的腥氣，氣味極其難聞。

「媽的，沒有想到鮮卑人這麼厲害，這麼快就衝破了第一道防線！大司馬應該把我們放在最前面，那些蝦兵蟹將肯定不是我們的對手！」董成手持長戟，腰繫長劍，眺望著前面的戰場，大咧咧地說道。

「快閉嘴！不許胡說！」一個晉軍都尉聽到了董成的叫喊，立刻扭轉過頭，朝董成叫道。

董成撇撇嘴，在那個晉軍都尉轉過頭後，便白了那都尉一眼，朝地上啐了一口唾沫，嘴裏兀自小聲地罵道：「神氣什麼？殺敵還沒有我多，要不是靠著你舅舅，你能當上這千人都尉？」

「董成哥，你小聲點，要是讓都尉聽見了，有你好受的了！」董五急忙說道。

唐一明聽後，側過臉，看董成的臉上不屑中還帶著一點興奮，便問道：「怎麼？你上次殺敵沒得到應有的戰功嗎？」

「戰功？這玩意是屬於那些士族子弟的，我們出身貧寒，就算立了功，也只能得到一壺好酒而已，根本不可能升官……咦？你難道不知道軍中的規矩？」

董成狐疑地看了看唐一明，感覺以前沒有見過他。

唐一明眼見要露餡，臉上卻呵呵地笑著，用右手一把攬住了董成的肩膀，小聲說道：「我怎麼會不知道呢，我只是看你可能會在今天立下戰功，想從你這裏討點酒喝。」

董成豪爽地說道：「放心，我上次殺了三個人，這次我要殺五個……不！要殺十個！多弄點酒來，我們一起快活快活。」

「你們小聲點，董成哥，有當官的來了，安靜！」董五聽了背後馬蹄聲響，立刻制止道。

馬蹄聲響，來的卻不是一個人，而是兩個。

唐一明看到謝安騎著快馬從他身邊掠過，在謝安的對面，還有一個極其威武的將軍模樣的人一同駛來。

謝安停在離唐一明不到一米遠的地方，和那將軍一碰面，就看到謝安目光閃爍，環顧四周，唐一明生怕謝安會發現他，趕忙低下了頭。

緊接著，謝安極富有磁性的嗓音在唐一明耳邊小聲地響起：

「兄長，一切都準備妥當了嗎？」

那個被謝安稱為兄長的人，便是鎮東將軍謝尚，四十多歲，身體健碩，小聲回道：「放心，一切都準備妥當了。」

謝安滿意地道：「兄長，我們謝家能否崛起，就看此舉了。桓溫驕狂，氣焰太甚，連天子都不放在眼裏，又屢不聽我言，以至於將大軍陷入到這種境地……既然敗局已定，我們也不能期望太多。京口之兵最為悍勇，又為兄長所統領，我們謝家隱忍許久，也是該我們登場力挽狂瀾的時候了，二哥那裏準備的如何？」

「放心，一切準備妥當，如果如賢弟所說，我自當會和謝奕一起為我們謝家謀條後路。」謝尚道。

謝安向謝尚拱手鞠了一躬，緩緩道：「兄長，謝家的未來，就拜託你了！」

謝尚重重地點了點頭，又偷偷地回顧了一下四周，見周圍士兵都整齊俐落，沒有什麼騷亂，便對謝安道：「安石，你且回潁河邊，準備船隻即可！」

謝安應聲，掉轉馬頭，向大軍後方奔去。

謝尚見謝安走了，看著前方的戰場，見燕軍的騎兵步步逼近，離桓溫所在的中軍已經不到五里，便大聲對周圍的士兵喊道：

「孩子們！你們都是我親自從京口招募來的，你們是我大晉最驍勇的士卒。你們之中有父子、有兄弟，大晉的未來，將寄託在你們的身上，待會兒你們都聽我號令，敢有不從者，定斬不赦！」

「諾！」眾位士兵一起回答道。

謝尚聽後，立即馳馬朝前而去，似乎在謀劃著什麼！

這些兵，都是謝尚的親軍，雖然只有少數兩萬人，卻是大晉最為悍勇的軍隊。謝尚駐守京口多年，厲兵秣馬十數載，無論是軍紀還是軍容，都遠遠超過晉朝的其他部隊。

唐一明無意中聽到謝安和謝尚的談話，似乎謝家兄弟早有密謀，心中嘀咕道：「桓溫囂張跋扈，將朝中大權獨攬，又大肆分封桓家人擔任要職，其他氏族肯定不會樂意。慕容恪誘敵深入，縱使桓溫被勝利蒙蔽，他的智囊團也都是聰明絕頂的人，難道就沒有一個人能夠看得出來？還是……還是如同謝安一樣，表面恭順，實際上對桓溫早就不滿了，想借助此戰打擊桓溫？」

唐一明越想越覺得謝安是個十分難對付的人，能在桓溫手下隱忍這麼久，而不被發現他的異心，確實不是一般人能夠做到的。

「看來，此戰勝負已定，桓溫大勢已去，晉軍一旦失敗，晉朝內部各個氐族都會崛起，必然會使得晉朝四分五裂……我必須想想後路，如果我落井下石，和燕軍一起攻晉的話，只怕晉朝此戰之後，便會不復存在；而一旦晉朝滅亡，我必然會成為燕軍的眼中釘，肉中刺。與燕軍相比，我的實力還有所遜色，我不能這樣自取滅亡，我該怎麼辦……」

唐一明此刻心亂如麻，他必須給自己找到一條合適的出路。

轟隆隆的爆炸聲越來越清晰了，硝煙也漸漸地向著桓溫所在的中軍逼近，皇甫真所率領的連環戰馬一次次踐踏著晉朝的士兵。慕容垂、慕容強已經衝破了左右兩翼，避開桓溫所派去支援的士兵，而是像兩把尖刀一樣，狠狠地插在那裏，一直向後衝突，弄得兩翼士兵哭爹喊娘的。

戰場上的變化在繼續，唐一明的心思也在不停地轉動，他緩緩想道：「三國爭霸，講究的就是權衡利益，此時就如同赤壁之戰，桓溫就如同曹操，而我就像劉備，如果我和燕軍一起剪除晉朝，到最後也必然會被燕軍所滅，唯一的辦法，就是趁著燕軍南進，我在背後搗亂，給晉朝一個喘息的機會，晉朝不但會感激我的仗義出手，還會繼續和我和睦下去。晉朝新敗，元氣大傷，沒有個三五年，絕對無法崛起，而我就可以利用這段時間，和燕軍角逐於北方大地上，等我平定了北方，再轉向晉朝，統一天下，指日可待！」

確定好方針後，唐一明此時要做的就是儘快脫離戰場，趁燕軍還沒有攻打到這裏時，就趕緊離開。

「陶豹、孫虎，我們走！」唐一明小聲對陶豹和孫虎說道。

陶豹和孫虎臉上一怔，「走……現在嗎？」兩人同時問道。

「對，現在就走，我們有事情要做！」唐一明催促道。

「咦？你們要去哪裡？」董成聽到唐一明的話，好奇地問。

唐一明靈機一動，急忙捂住肚子，同時朝陶豹和孫虎使了一個眼色，然後大叫道：「董成兄弟，我肚子疼，想上茅房，麻煩你跟都尉說一聲。」

「哼！早不疼晚不疼，偏偏這個時候疼！真他娘的晦氣！去吧去吧，一會兒殺敵立功，可沒有你的分，都尉那裏，我會給你說一聲的。他們兩個也肚子疼？」董成嚷道。

陶豹和孫虎急忙點頭，一邊捂著肚子，一邊哀叫著。

「哈哈，我看你們三個長得五大三粗的，原來都是沒膽子的貨，滾吧，滾到後面去，你們待在這裏，也是丟我們京口兵的臉，少了你們三個，我們一樣殺敵！」站在董成身邊的一個士兵鄙夷地道。

唐一明、陶豹、孫虎也顧不了那麼多，便離開了隊伍。

唐一明前腳剛踏出隊伍，後腳便聽到董成喊道：「等等！」

唐一明心中一怔，忙轉過身子，問道：「什麼事？」

「把董五帶上，我就這麼一個弟弟，不能讓他有什麼意外！」董成看了身邊的董五一眼，說道。

「不！我不走，我還要殺敵立功呢！」董五叫道。

董成道：「毛都沒有長全，還殺什麼敵，立什麼功？趕緊給我滾到後面去，要是讓都尉看見了，想走都走不了！」

「是啊，你們這些慫人最好都快點離開，離開了，我們才能放心地去和敵人廝殺，沒有顧忌！現在將軍把都尉叫過去，你們趁現在走，其他兄弟見了，都明白是怎麼回事，不會為難你們的，快走吧！」一個士兵道。

唐一明知道時間稍縱即逝，看著董五那略顯稚嫩的臉龐，便對陶豹說道：「把董五帶走！」

陶豹立刻將董五扛在肩上，為了防止董五亂叫，還用一隻手捂住了董五的嘴。

幾個人快速地離開了隊陣，經過京口兵中間的時候，都目不斜視，裝作視而不見。這些京口兵也都心照不宣，任由唐一明他們朝後面逃跑了。

第二章

一線生機

董五聽見謝安叫唐一明為漢王，大吃一驚，道：
「你…你…你是……漢王？」
唐一明問道：「謝先生，你是不是要放我走？」
謝安點頭道：「正是，放你走，晉軍才有一線生機！」

戰場上硝煙不斷，燕軍和晉軍正在浴血奮戰，唐一明等人快速退到了潁河岸邊。奇怪的是，後面的方陣上，不管是將軍、都尉或是士兵，都對唐一明等人視而不見。

唐一明也來不及多想，只管快速離開戰場，當他退到最後一個晉軍方陣時，赫然看見謝安騎在馬背上正目視前方，而且目光轉移到他的身上。

「糟了，被發現了！」唐一明暗叫不好！

謝安看見唐一明時，也是眼睛一亮，萬萬沒有想到唐一明會混在晉軍的隊伍裏，當即將手一抬，一百個士兵便持著長戟將唐一明等四人圍住。

「幹什麼的？」謝安馳馬過來，看了一眼唐一明，裝作不認識，大聲問道。

「奇怪，謝安怎麼了？」唐一明心中泛起了嘀咕。

「啟稟大人，我等……我等肚子痛，想找個地方入廁！」唐一明忙回答道。

謝安將手一招，士兵便同時撤去了長戟，他翻身下馬，走到唐一明等人身邊，說道：「入廁？還真不會挑時候！跟我來！」

唐一明見謝安似乎是有意將他放走，便點點頭，和陶豹等人一起跟了過去。

謝安將唐一明四人帶到一片樹林裏，見左右無人，便急忙向唐一明拜了拜，同時道：「漢王膽識過人，居然會出現在這裏，實在是讓人琢磨不透！今日一見，我們是敵非友，不過，我倒是很想和漢王交個朋友！」

陶豹此時已經放下肩上的董五，董五聽見謝安叫唐一明為漢王，大吃一驚，不住地說道：「你……你……你是……漢……漢王？」

陶豹斥道：「閉嘴！」

唐一明聽謝安如此說，問道：「謝先生，你是不是要放我走？」

謝安點點頭，道：「正是，放你走，晉軍才有一線生機！」

「你的意思是……」唐一明道。

謝安呵呵笑道：「漢王聰明絕頂，應該知道我的意思，我也就不用說得那麼明白了。不過，就是不知道漢王肯不肯交我這個朋友？」

唐一明想了想，道：「我懂了，謝先生，我倒是很想交你這個朋友。不過，我不知道的是，此戰結束後，謝先生是否能夠力挽狂瀾？」

謝安心中一怔，暗道：「唐一明果然聰慧，居然能夠窺探我的心思。」

「漢王放心，謝某早已經計畫妥當，否則的話，剛才漢王又怎麼可能穿過那數萬將士而到達岸邊？此戰之後，謝某定能力挽狂瀾，扶大廈之將傾，而漢王若是肯交我這個朋友，謝某保證，晉朝和漢國之間，五年內不會出現任何衝突！」謝安道。

唐一明聽了，拱手道：「既然如此，那唐某就交定謝先生這個朋友了。」

「好，謝某就等漢王這句話，如果今天不是在這裏見到漢王，謝某也定會到漢國登門拜訪。既然上天安排我們在此相見，又能成為朋友，也算緣分一場。漢王，我這就安排船隻送你們過河！過河

之後，一切事宜還請漢王及早處理，不然的話，謝某不敢保證大廈不會傾倒！」謝安淡淡地說道。

唐一明點點頭，道：「先生放心，唐某自有主張，日後先生榮登高位，位極人臣的時候，還希望先生遵守五年的約定！」

謝安將手一擺，說道：「漢王，請！」

「等等，這位小兄弟是謝將軍的京口之兵，只是年歲太小，現在交給先生，也算是沒有辜負他哥哥的期望。」唐一明指著董五說道。

謝安看了董五一眼，緩緩道：「嗯，京口兵是我大晉之兵，謝某自會妥善安排。漢王，事不宜遲，還請漢王速速過河！」

唐一明、陶豹、孫虎在謝安的安排下，順利地渡過了潁河，謝安還給了他們三匹快馬。三人騎上快馬，拜別謝安後，急忙向東奔馳。

疾行中，陶豹、孫虎擋不住疑惑，問道：「大王，謝安既然知道大王的身分，為什麼會放我們走？難道真是出於好心嗎？」

唐一明聽罷，呵呵笑道：「你們不懂，這就是謝安的高明之處！殺了我，對晉朝沒有好處，留著我，對晉朝卻是有著莫大的好處。」

「不懂！」孫虎一臉費解地道。

唐一明解釋道：「此戰雖然是燕軍和晉軍的戰鬥，卻也是三方的戰鬥。晉軍敗局已定，最多再撐到傍晚，一旦晉軍敗了，燕軍必然會乘勝追擊，勢如破竹。如果我軍再對晉軍作戰的話，晉朝很有可能會不復存在。所以，為了晉朝著想，謝安只能放了我，希望我出兵對燕軍作戰。其實沒有這件事，我也會主動對燕軍開戰的。」

「大王，晉軍敗了，我們趁火打劫，豈不更好？為什麼要反過來幫助晉軍對付燕軍？」陶豹問道。

「這個嘛，以後再慢慢告訴你，現在我們逃出來了，唯一要做的事就是儘快返回徐州，然後對燕宣戰！」唐一明令道。

「諾！」陶豹、孫虎齊聲說道。

潁河北岸，燕軍和晉軍還在交戰。

從正午殺到黃昏，十幾里的戰場上到處都是堆積如山的屍體，

戰場上更是人聲鼎沸，萬馬嘶鳴，鞭鼓聲起，旌旗亂舞，燕軍的鐵騎肆無忌憚地在晉軍方陣之間衝殺，整齊的晉軍方陣在面對燕軍連環戰馬的衝殺中顯得手足無措。

中軍的車架上，桓溫凝視著前方的戰場，見到自己親自佈置的方陣在燕軍的鐵騎下毫無戰鬥力可講，不禁皺起了眉頭。

「大司馬，這些只是燕軍的先頭部隊，慕容恪的大軍還未出動，再這樣下去，只怕……大司馬，以學生之見，不如早做退守的打算。」郗超見目前的形勢不大樂觀，立即說道。

「不！本府大軍三十萬，現在只不過才損失了幾萬人而已，後面的大軍還沒有上來呢，如果就此退卻，肯定會被慕容恪恥笑，本府還沒有輸，沒有輸！」桓溫不服地道。

郗超此時急得滿頭大汗，忙道：「大司馬，如果現在不退，再戰鬥下去，只怕會有更多的傷亡，我軍暫時退到潁河南岸，與燕軍隔河相望，與燕軍對峙，等待後面的援軍到來，再與燕軍進行決戰不遲！」

「不！本府這次就要消滅燕軍的主力！傳本府命令，讓桓雲、桓秘堵住慕容垂，桓豁、謝尚堵住慕容強，讓羅友將炸藥扔到連環馬陣裏！」桓溫令道。

郗超大吃一驚，道：「大司馬，連環馬陣前面就是我軍士兵，扔炸藥只怕我軍士兵也會傷亡巨大，請大司馬三思！」

「以少數人的性命換取擊敗燕軍的連環馬陣，從而扭轉戰局，本府有何捨不得？快去傳令！」桓溫厲聲道。

郗超勸諫不成，無奈之下只能順從，搖搖頭，嘆了口氣，將桓溫的命令傳了下去。

命令傳達下去後，桓雲、桓秘、桓豁、羅友的部隊都聽從了號令，可是謝尚的軍隊卻穩如泰山，絲毫未動。

桓溫大怒道：「謝尚為何還不行動？」

話音剛落，便見謝尚馳馬奔來，道：「大司馬！」

「你怎麼回事？為何不聽我號令？」桓溫怒道。

謝尚解釋道：「大司馬請看，所有部隊已經被大司馬調出，中軍只剩下不足兩千人的親隨，如果末將的軍隊再被派出，中軍就成了空虛之地，一旦被燕軍突入，只怕大司馬的安全會受到威脅。末

將為大司馬計，暫時未出兵，請大司馬速速將中軍移到後方，末將在前面擋住來犯之敵，廝殺起來也放心許多！」

桓溫看了看四周，中軍果然空虛，而且離前線也越來越近，便點點頭道：「好吧，本府就聽你的，將中軍暫時移動到後方。」

郗超聽後大吃一驚，忙道：「大司馬，萬萬不可啊，中軍一退，軍心必然會受到影響，以為大司馬不戰自退，如此一來，定然會兵敗如山倒，還請大司馬三思！」

謝尚厲聲道：「難道你想看到大司馬被燕軍重重包圍嗎？」

桓溫道：「參戰的大多都是本府的部下，本府瞭解他們，他們對本府忠心耿耿，又怎麼會因為本府移動中軍而受到影響呢？郗超，你多慮了，雖然本府不怕死，但是本府一旦死去，你們就如同一盤散沙……好了，快點執行本府的命令吧。」

郗超無奈，只得下令。

謝尚拱手說道：「大司馬，請移中軍！」

命令下達後，桓溫的中軍一致向後，開始轉移到謝尚兵馬的後方。

燕軍陣上，慕容恪凝視著戰場上的動向，見到晉軍被燕軍壓制住了，臉上便露出笑容。

突然，他眼前一亮，遠遠望見晉軍中軍一輛華蓋車架轉動方向，向部隊的後面移動，他臉上一喜，高興地叫道：「太好了，時機來了！」

陽鶩看到後，也很是歡喜，道：「大元帥，時不我待！」

慕容恪點點頭，立即喊道：「孫希，現在是該你上場的時候了，你速速帶著兩萬輕騎從左側繞到晉軍後方，務必要截住桓溫。陽老，傳下去，全軍出擊！」

慕容恪抑制不住內心的喜悅，當即抽出腰中的佩劍，朝前一揮，策馬而出，身後的兩千白馬衛隊及白馬衛隊後面的燕軍騎兵也緊隨其後。

隨著慕容恪的這聲號令，千百聲號角驟起，無數面戰鼓擂動，真是地動山搖，一時間將士們全身熱血沸騰。燕軍像一座黑色的大山壓了過來。戰鼓聲、喊殺聲驚天動地……

合圍過來的晉軍步騎瞬間便和燕軍碰撞在一起，他們瘋狂地對射著，縱馬衝突砍殺著。在四周砍殺的金鐵交鳴聲中，在飛矢的襲擊下，晉軍隊伍失去了控制，亂作一團，各個將軍已無法組織起有效的抵抗，整支大軍像一片趕散的羊群慌亂地向後退去。

不知道是誰看到了桓溫車駕撤退，登時喊道：「大司馬撤退了！大司馬撤退了！」

其他士兵聽了，急忙回頭看去，再看看面前如狼似虎的燕軍將士，身上不禁打起寒戰，懼意驅使他們向後撤退，放棄了抵抗。

燕軍看準了時機，三面發起猛攻，兩側的騎兵及中間的連環馬陣、步卒吶喊著如潮水一般掩殺過來。

尤其是後面衝上來的十幾萬軍隊，他們在慕容恪的帶領下，憑藉著浩大兵勢，展開一場惡戰。

一方為了奪路逃命拼死相搏；一方勝券在握，渴望建功立業，奮力砍殺。兩支大軍糾纏在這片血染的灘地上，直殺得人仰馬翻，天昏地暗。

正所謂兵敗如山倒，心生懼意的晉軍無力回擊燕軍，節節敗退，而且指揮也都失靈了，晉軍士兵們爭相後退。好在謝安早有準備，讓人在岸邊準備了船隻，一見情況不妙，便先撤了過去。

不過，兵多船少，那些來不及上船的士兵為了活命，只能爭相跳進潁河。

夕陽落下，夜幕降臨，潁河兩岸到處都充斥著血腥味，空氣中瀰漫著刺鼻的火藥味，地上的深坑無數，屍體堆積如山，兵器、箭矢紛紛遺落一地……

漆黑的夜裏，唐一明、陶豹、孫虎三人還在拼命地向徐州方向奔跑，這一帶他們秘密潛入不知道多少次了，早已經很熟悉，他們避開晉軍的駐軍點，以免惹來不必要的麻煩。

唐一明估算這時候晉軍已經敗陣了，但是他知道，謝安就算敗了，也不至於大敗，因為他早就準備好了，會盡量保存實力，避免太大的傷亡。

同時，燕軍一旦獲勝，慕容恪絕對不會錯失這個良機，必然會以迅雷不及掩耳之勢對晉軍予以打擊，趁勢南下，所以，他要盡快回到徐州，趁著燕軍南下，搶佔中原之地。先奪兗州，再收豫州，

用海軍封鎖黃河，然後是司隸、關中、涼州，最後是整個黃河以北，這是他既定的戰略方針。

狂奔一夜，當第二天的黎明來臨時，唐一明三人距離徐州還有四五百里，疲勞了一夜，人不累，馬也受不了啦，唐一明正在奔馳當中，突然感到座下馬兒側身倒地，發出一聲嘶鳴，把他給掀翻了下來，重重摔在地上。

「大王！」陶豹、孫虎同時高聲叫道。

唐一明在地上滾了兩滾，然後爬起來，看到馬兒累得口吐白沫，奄奄一息，長嘆了口氣，道：「哎！戰馬死了，難道要我跑回去不成？」

陶豹、孫虎勒住馬匹，急忙翻身下馬，來到唐一明身邊，問道：「大王，你沒有事吧？」

「沒事，只是咱們必須儘快趕回徐州，沒有馬，我們回去就要受到限制！」唐一明擺擺手，拍打一下身上的灰塵說道。

陶豹看看自己的馬，再看看孫虎的馬，都已經累得不行了，再跑下去，也只有轟然倒地的危險。想了想道：「大王，此地是誰郡，諸葛攸駐守在此，不如去他的軍中借幾匹馬？」

「對，大王，諸葛攸以前不是把大王當兄長嗎，做兄長的找弟弟借兩匹馬，又有什麼不可？」孫虎接話道。

唐一明嘆道：「此一時彼一時，不過，死馬只好當活馬醫啦，姑且走上一遭，如果他肯借給我馬匹，我一定不會虧待他。此處何地，離諸葛攸的營地有多遠？」

陶豹環視四周，估算了一下道：「大王，此地離諸葛攸的大營不足五十里。」

「好，就去諸葛攸那裏吧。」唐一明道。

諸葛攸雖然在譙郡，但是他的大營卻不敢設在城裏，為了能方便逃跑和躲避燕軍的騎兵，他把大營紮在譙郡有山的地方。

快到午時的時候，唐一明三人到了諸葛攸的大營前，因為他們身上還穿著晉軍的軍裝，所以直到他們來到大營的寨門前才有士兵上前詢問。

「幹什麼的？」守門的士兵問道。

「我們是前線的敗軍，大司馬的軍隊敗了，讓我們前來搬救兵。」唐一明藉口道。

幾個士兵聽了，都大吃一驚，面面相覷。

「什麼……大司馬敗了？怎麼會？三十萬大軍啊……」

「喂！快點讓我進去，我要面見諸葛將軍，耽誤了大司馬的事，你們擔當得起嗎？」唐一明厲聲道。

守門的士兵不敢阻攔，將唐一明三人放了進去。

唐一明進了營寨，便大搖大擺地朝中軍主帳而去，見到帳外守候的士兵，便道：「大司馬有令，讓我來見諸葛將軍，還不快去通報！」

士兵還沒有反應過來，便見主帳捲簾掀開，滿心歡喜的諸葛攸一見到唐一明立刻傻眼，吃驚地道：「漢……漢……」

「諸葛將軍，這裏不是說話的地方，請裏面說話！」唐一明打斷了諸葛攸的話，一把抓住諸葛攸的手，直接進了大帳，陶豹、孫虎緊隨其後。

唐一明熱情地抓住諸葛將軍的手，邊說道：「賢弟，我們闊別已久，今日能夠重逢，實在是有緣啊。」

「漢……」

諸葛攸剛開口，便被唐一明打斷：「此地人多口雜，叫我兄長即可。」

「賢兄，你怎麼會穿成這樣？又是打哪裡來的啊？」諸葛攸一臉狐疑地問。

唐一明道：「賢弟還不知道嗎？」

「知道……知道什麼？」諸葛攸一頭霧水地問道。

「大司馬桓溫帶著三十萬大軍與燕軍慕容恪決戰於臨潁，結果被慕容恪打敗了，晉軍敗北，難道賢弟尚不知情？」唐一明道。

諸葛攸吃驚地道：「什……什麼！大司馬敗了？三十萬大軍……怎麼可能？」

「賢弟，我剛從戰場上退下，路過此地，戰馬累死了，想向賢弟借幾匹快馬，火速奔回徐州，然後率領軍隊迎戰燕軍，不知道你肯相與否？」唐一明道。

諸葛攸好奇道：「賢兄，你要迎戰燕軍？你是說，你要幫助

我軍？」

唐一明點點頭，道：「正是，燕軍大勝，必然會乘勝追擊，那麼譙郡也就危險了，賢弟應該早做打算才是。」

「若不是賢兄來此，我還不知情，一旦被燕軍襲擊，只怕也只有敗的分。賢兄既然是要幫助我軍，別說幾匹馬，就是將整個部隊交到賢兄的手裏指揮也是應該的，賢兄高才，非諸葛攸所比，還望賢兄回到徐州早早發兵。」諸葛攸誠心地道。

唐一明聽了道：「這個是自然的，事不宜遲，還請賢弟速速借我馬匹。」

「賢兄莫急，我大軍陳兵於此，受到大司馬嚴令固守此地，如果不戰自退，只怕會受到懲處，還請賢兄教我一個安全退走的計策，賢弟感激不盡！」諸葛攸問計道。

唐一明思索了一下，道：「賢弟儘管撤退，我如果猜得不錯，明日燕軍便會攻打此處，賢弟可以暫時退到沛縣，那裏離徐州近，我一回去，就發兵攻打燕軍，截住燕軍，賢弟自然就可以免過此戰了。大司馬都敗了，賢弟才能肯定比不上大司馬，所以就算退走，大司馬也不會怪罪的。大司馬兵敗後，只會退守荊襄，徐州這邊，也只能靠賢弟了。」

諸葛攸眼睛一轉，道：「事不宜遲，我現在就拔營起寨去沛縣，我軍多是步軍，燕軍是騎兵，如果我一直朝南退，肯定會被追上的，不如暫時在賢兄的庇佑下，也可以和賢兄共同作戰。」

唐一明點頭道：「嗯，你儘管拔營起寨，但是我必須先回去，刻不容緩！」

「那好，來人啊，快去準備三匹上好的戰馬，傳令大軍，拔營起寨！」諸葛攸令道。

唐一明和陶豹、孫虎經過一夜的長途跋涉，終於在第三日黎明時到達了徐州。

徐州城內，士兵們都枕戈待旦，唐一明一回到州府，顧不得休息，便急忙將部下召集到州府裏。

大廳中，李國柱、趙乾、宇文通、陶豹、孫虎、魏舉、關二牛等人均齊聚一堂，看著唐一明指指點點，紛紛地點頭。

唐一明側過身子，環視眾人道：「此戰事關我漢國的興衰，如果能趁此時奪取中原，我漢國就能立足於天下，與燕、晉兩國相互角逐。剛才我所下達的命令，無論你們用什麼方法，都要竭盡全力的去完成，以我軍現有的裝備和武器，擊敗燕軍的得勝之師絕對沒有問題。好了，開始行動！」

「諾！」眾人紛紛摩拳擦掌，退出大廳。

唐一明走到魏舉面前，拍了拍他的肩膀，重重說道：「我走之後，徐州和下邳兩地就交給你了。」

魏舉立即拍胸脯道：「大王放心，魏舉定當竭盡全力，守好這兩座城！」

「嗯，我相信你。二牛，你火速去泰山傳達命令，讓軍師和姚襄攻取兗州，另外讓蘇夫人將三萬海軍擺到黃河中，沿河而上，封鎖兗州通向冀州的渡口！」唐一明說道。

關二牛立即領命而去。

隨後，唐一明全副武裝地來到校場，見李國柱、趙乾、陶豹、孫虎的部隊都已經出發，他也和宇文通一起帶著步騎兩萬五千人趕赴沛縣。

唐一明的戰略計畫很明確，就是趁著晉軍敗北南遁，燕軍狂追的時候，兩軍不能東顧，而佔領豫州東部和整個兗州。

他讓李國柱、趙乾、陶豹、孫虎四個人帶著五萬步騎攻打譙郡，佔領譙郡之後，再繼續西進，攻打豫州的汝陰郡。他自己則和宇文通先到沛縣與諸葛攸會合，然後西進攻打睢陽，再乘勢進攻陳郡，然後和李國柱等合併一處，向北協同王猛一起攻打陳留，將燕軍驅趕到兗州以西。

烈日當空，豔陽高照，唐一明、宇文通帶著兩萬五千名步騎，拉著一百門火炮，浩浩蕩蕩地從徐州出發，朝沛縣而去。

沛縣地勢西南東高北低，為典型的沖積平原，是適合野戰的絕佳場地。唐一明估摸著諸葛攸應該到達沛縣縣城了。

他擔心燕軍來襲，諸葛攸抵擋不住，便讓宇文通帶著兩萬步軍在後，他則帶著五千精騎先趕到沛縣，以便穩定諸葛攸的心。

唐一明和宇文通分開後，快馬加鞭，帶著羌漢混雜的五千精騎火速趕往沛縣。

時間就是金錢，時間就是生命。唐一明帶著五千騎兵狂奔三個時辰後，終於抵達了沛縣境內，離縣城還有五十里之處。

「大家再加把勁，沛縣就在前面，到了沛縣，咱們就可以好好的歇會兒了！」唐一明對身後的士兵大聲喊道。

「得得得！」

一匹快馬從隊伍的前面跑了過來，那是唐一明事先派出去的偵察兵。

偵察兵迎面駛來，見到唐一明後，來不及行禮，便急忙說道：「大王，燕軍已經在半個時辰前到了沛縣，現在正在攻打諸葛攸，兵將不堪一擊，抵擋不住燕軍的騎射部隊，諸葛攸躲在城牆後不敢露頭。燕軍便用炸藥炸開城門，現在正和諸葛攸進行巷戰！」

唐一明聽了，揚起手中馬鞭喊道：「兄弟們，咱們建功立業的時候到了，都跟我衝過去，斬殺燕狗！」

一聲令下，五千騎兵一起快速奔馳，不到半個時辰，沛縣縣城便映入眾人的眼簾。

從外面看，沛縣縣城裏瀰漫著濃濃的黑煙，裏面更是喊聲震天，燕軍不知道來了多少，後面的騎兵陸續趕到，正從沛縣破裂的西門向縣城裏進；與之對面的東門，卻是不斷退出來的晉軍士兵。

沛縣並不大，從遠處看去，不必知道裏面的情況，就能瞭解兩軍的優劣態勢！

唐一明看了之後，一隻手握著長戟，另外一手拽著馬的韁繩，雙腿用力一夾馬肚，便縱馬而出，向著不斷湧向西門的燕軍騎兵殺去。他身後的五千騎兵，見唐一明衝了出去，也一擁而出，紛紛跟了過去。

沛縣城中，諸葛攸正在指揮前面的三千士兵與燕軍進行巷戰，但見空中炸藥包互相飛舞，各自在對方的軍陣中爆炸，炸死、炸傷不少士兵。

諸葛攸躲在隊伍後列，生怕被炸藥炸死，不住地喊道：「頂住！頂住！燕軍沒有什麼可怕的！」

「轟、轟、轟！」

兩軍交戰的周邊，房屋、街市皆被炸得一片狼藉，還有一些地方直接被炸出了火，燃燒著，冒著濃濃的黑煙。兩軍相距大概有十米遠，中間都是被炸得四分五裂的肢體，腦漿、腸子、斷臂到處都是，地上更是被炸成了黑色，與紅色的血液交融在一起，發出了濃烈的腥臭味。

炸藥的往來畢竟是少數的，在兩軍中間飛舞的多是箭矢，密密麻麻的箭矢互相對射，你來我往，互不相讓。但是，晉軍的弓弩手各個心驚膽戰，唯恐手中的箭矢失去了準頭，殺傷力銳減。

燕軍則是殺紅了眼，加上箭術多是高超之人，專門射向晉軍沒有被盔甲覆蓋住的地方，用強大的箭陣壓制晉軍，並且在箭簇中時不時地給投放一個炸藥包。

兩軍從開始交戰到現在已經有一個時辰了，一萬晉軍剩下不到四千人，只能邊戰邊退，並且期待漢軍的到來。

諸葛攸皺著眉頭，眼睛驚怖地看著面前的戰場，看見人被炸得血肉模糊，不禁仰天嘆道：「如果再堅守下去，必會全軍覆沒，蒼天啊，難道我諸葛攸今天就要死在這裏嗎？漢王，你為什麼遲遲不來啊！」

喊聲叫畢，但見一個士兵從城門趕了過來，急急喊道：「將軍！將軍！」

「叫什麼叫？老子的魂都讓你叫沒了！」諸葛攸怒道。

士兵將聲音略微放低了一些，興奮地道：「將軍！漢軍……漢軍來了！」

「來了?!兄弟們！漢軍終於來了！漢王帶著軍隊來支援我們了，大夥兒再堅持一會兒，我們很快就能取得勝利了！」諸葛攸大聲喊道。

士兵們一聽說援軍到了，個個歡欣鼓舞，精神抖擻，也不再害怕了，士氣一下子高漲起來，還擊也越來越強烈！

第三章

攻心為上

「屬下知道傅彥手下有一個叫慕容華的人，
人心胸狹窄，如果大王能夠使出反間計，
讓慕容華和傅彥自己打起來。
傅彥一走，睢陽城就如囊中之物了。」
唐一明大笑道：「攻心為上，攻城為下，
我也來一次攻心之法吧。」

城中還在血戰，燕軍在西門的士兵看見漢軍突然殺來，猝不及防，唐一明手持長戟左右衝突，將騎兵分成五百一隊，在陣中往來衝突，弄得燕軍一陣大亂。

燕軍士兵紛紛朝後撤退，想在野外聚攏之後再和漢軍廝殺，哪知漢軍緊緊咬住不放，見人就殺，讓他們無法聚攏，加上這支燕軍又不是什麼精銳，一看形勢逆轉，索性遠遠逃走。

城外的燕軍被唐一明帶著的騎兵趕走了，城內的燕軍卻陷入了包圍之中，被猛烈反擊的晉軍和從背後殺來的新生力軍一陣衝殺，死的死，傷的傷，有的乾脆直接投降。

半個時辰後，戰鬥結束，一萬晉軍只剩下三千六百人，漢軍五千士兵卻只損失了一兩百人，燕軍這一戰戰死六千人，被俘七百人。

戰後的沛縣一片狼藉，還來不及打掃，諸葛攸便找到唐一明，眼中滿含淚水地道：「漢王，我終於把你等到了。我剛到沛縣沒多久，燕軍便來了，由於沒有準備好，竟然被燕軍衝進城裏，我……我的人死了六千多人，六千多人啊！」

唐一明拍了拍諸葛攸的肩膀，安慰道：「好兄弟，你受苦了，我這不是來了嗎？不過燕軍的行動如此的迅速，實在是讓人咋舌。賢弟，這支燕軍我並沒有看見什麼統帥，他們沒有人指揮，怎麼攻勢還是那麼猛？你可知道這支燕軍是誰的部下嗎？」

諸葛攸道：「他們本來在一個偏將的帶領下，可是那偏將被炸死，他們就群龍無首了，如果不是這樣，只怕漢王到這裏就只能見到我的屍體了……這支燕軍似乎隸屬於平南將軍傅彥……」

「傅彥？燕國的八大將軍之一，部下能在群龍無首的情況下展開如此猛烈的攻勢，看來他果然是個名將。賢弟，你趕緊打掃戰場，燕軍的大營不知道是否在附近，敗軍回去，必然會迎來新一輪的攻擊。我的兩萬步軍快到了，咱們一起堅守此城，與燕軍決一死戰。」唐一明道。

諸葛攸聽了，連連點頭道：「我這就讓人打掃戰場。」

唐一明讓部下協助諸葛攸打掃戰場，在城外挖了一個大坑，將死去的屍體一起埋掉。

大約過了一個時辰，夕陽西下，燕軍也沒有再來進攻。宇文通帶著兩萬漢軍步兵到了沛縣，唐一明讓他駐紮在城外，夜幕降臨，沛縣一片安靜，不管是漢軍還是晉軍，就在這樣安靜的夜裏平安地度過了一夜。

第二天，當第一縷陽光照射到這片土地上時，沛縣又恢復了熱鬧。

等候了一夜，燕軍沒有來，唐一明也不能守株待兔，他有他的目的，中原才是他的目標。

諸葛攸坐在縣衙中，看見唐一明來了，立即站起身子，畢恭畢敬地道：「漢王，咱們等了一夜，燕軍沒有來，是不是他們害怕漢王，轉到別處去了？」

唐一明道：「我從沒有和傅彥交過手，不知道他的實力如何，但是傅彥能夠列為燕國八大將，絕不可小覷。賢弟，不管他躲在何處，總之一時半會兒應該不會攻打沛縣了。我是來跟賢弟告別的，我要去攻打睢陽。」

「什麼？你要走了？你這麼一走，傅彥要是知道了，肯定會來攻打我的，沛縣城小，我的部下又打不過燕軍，漢王不是將我置於

死地嗎？」諸葛攸緊張地道。

唐一明笑道：「賢弟莫怕，我去攻打睢陽，正是圍魏救趙，睢陽目前還在燕軍手中，我去攻打睢陽，傅彥知道了，必然會回師的，也就不會攻打沛縣了，賢弟還害怕什麼？」

諸葛攸是徹底被燕軍打怕了，以前跟皇甫真交手，敗了，現在跟傅彥交手，又敗了，想了一會兒道：「漢王，不如……不如我和你一起去攻打睢陽吧，我的兵雖然不如漢軍強悍，也沒有漢軍多，可是也可以給漢王助威啊，漢王以為如何？」

唐一明笑道：「那好吧，反正沛縣是一座空城，燕軍來了也得不到什麼，你就跟我一起走，咱們一起去攻打睢陽。」

諸葛攸臉上一喜，歡聲道：「太好了，我這就去召集人馬。」

漢軍和晉軍收拾好，便浩浩蕩蕩地向著睢陽而去。

行軍路上，諸葛攸見到漢軍拉著的大炮，他從來沒有見過，不知道是什麼玩意，便好奇地問道：「漢王，你的士兵拉著的那東西是什麼？看起來好像很笨重！」

唐一明笑道：「沒什麼，只是一些攻城武器，到了睢陽後，讓你見識見識。」

諸葛攸自言自語地道：「攻城武器？怎麼這樣怪異？這樣的攻城武器我還是頭一次見到。」

睢陽在春秋時是宋國的國都，地理位置十分優越，也是燕軍駐守的一個重鎮。

睢陽城上，燕軍的黑色大旗迎風飄舞，城牆上插滿了燕軍的大旗。

府衙內，傅彥看著地圖，耳邊聽著斥候的報告，手指在地圖上輕輕地滑動，當斥候的報告結束後，他揮了揮手，自語道：「果然不出我所料！」

昨日沛縣的敗軍撤回睢陽後，將漢軍幫助晉軍的消息告訴了傅彥，傅彥眉頭一皺，斷定唐一明絕不會那麼簡單的幫助晉軍，一定是有更大的企圖。

他連夜派出斥候散佈在沛縣到睢陽的途中，當漢軍起程的時候，斥候一個接一個地轉達消息，所以他立刻命人準備守城器械。

睢陽城內沒有什麼百姓。在燕軍和晉軍決戰前，傅彥便強制將地方百姓遷到洛陽一帶，所以晉軍雖然奪得了許多城池，卻座座都是空城。

傅彥走出府衙，看到城中士兵都在不停地忙碌著，他也加入到準備守城器械的行列中。

傅彥，字士晏，本來是後趙石虎帳下的一員大將，冉閔篡國後，極力打擊忠於後趙石虎的一派，傅彥、姚弋仲（姚襄老爹）、苻洪（苻堅他爺爺）都在其列。

不過，傅彥和苻洪、姚弋仲不同，他不是胡人，手下又沒有自己的部隊，冉閔倒是饒了他一命，但是也沒有讓他繼續統領兵馬。

殺胡令期間，傅彥覺得冉閔最終不會成就什麼大事，便逃到了燕國，受到當時的燕王慕容皝的接待，並且委以重任，在短短的幾年裏東征西討，立下了不少功勞，為此，慕容儁一上任，便將他和孫希同列為八大將裏面。

傅彥算文武雙全，對士兵也很體恤，經常和士兵同甘共苦，所以很受士兵歡迎。

此時他脫去了外衣，露出一身黝黑結實的肌肉，搬起一塊巨石，大踏步地走上城樓，將巨石放在城樓上，看到其他士兵還在忙著，便過去幫忙。

他一邊幫士兵搬運石頭，一邊對士兵喊道：「弟兄們，加把勁，快點幹完這些活，然後休息一下，就等著敵人來了！」

唐一明、諸葛攸的漢晉聯軍，經過一天時間的奔波，終於抵達睢陽城外。

睢陽地處黃淮平原腹地，周圍少不了小河、山丘，唐一明勘察地形後，便決定將部隊駐紮在離睢陽城二十里的一片空地上，外面用鹿角、拒馬圍繞一圈，內設箭塔於寨門裏，中間步兵巡邏，往來呼應，防守十分嚴密。

軍營主帳內，唐一明、諸葛攸、宇文通三人對桌而坐，互相碰了一下酒杯後，一飲而盡。

「明日我軍就要開始攻城了，我已經讓人打聽清楚了，傅彥確實駐守睢陽，臨潁之戰後，慕容恪就令他到睢陽駐守，為的就是在

大戰勝利之後快速收回失地。」唐一明緩緩說道。

諸葛攸笑道：「漢王真是聰慧，居然能將燕軍的意圖摸得如此清楚。不過，傅彥這次遇到了漢王，只怕也要成為漢王的刀下之鬼。」

宇文通沒有發話，凝神目視著桌子上的酒菜。

唐一明看到後，問道：「你是不是有什麼心事？」

宇文通點點頭道：「大王，傅彥是八大將之一，智謀非比尋常，在短短的三年內便立下赫赫戰功，實在不可小覷。」

諸葛攸輕忽地道：「怕什麼？傅彥再怎麼厲害，也絕不會有漢王厲害。漢王連慕容恪都不怕，還會怕他？」

唐一明呵呵笑道：「那倒是，不過，也不能掉以輕心。畢竟我和傅彥沒有直接交過手，對他的用兵之道不太瞭解。宇文通，你能給我說說傅彥這個人嗎？」

宇文通點點頭，滔滔不絕地道：「傅彥，字士晏……」

宇文通講完，唐一明和諸葛攸都對傅彥產生了一種敬意。

唐一明嘆了口氣，道：「如果這樣的人才能為我所用，那該多好啊？我的軍中就是缺少這樣的人。」

「大王，傅彥雖然身為燕將，卻非胡人，如果大王想收服傅彥的話，其實也不難。」宇文通從唐一明的話中聽出他對人才的渴求以及似乎對傅彥極為推崇，於是忍不住說道。

唐一明問道：「聽你這麼說，你是不是有什麼辦法可以讓傅彥歸順我漢國？」

宇文通點點頭，道：「嗯，有是有，就是不夠正大光明。」

「管他的，只要能讓傅彥投降，什麼招術都可以用！我現在就是缺乏人才，只要人才到手，以後對他們好一點不就可以了嘛！」唐一明高興地說道。

宇文通道：「大王，我們宇文部以前也有過類似傅彥這樣的人，可是被慕容氏用奸計給弄走了。所以我也想用這個方法來弄走慕容氏的人，讓傅彥歸順大王。」

「嗯，你快說，有什麼辦法？」唐一明問。

宇文通道：「大王，傅彥也知道自己不是胡人，雖然有將才，卻始終超越不了慕容氏的人，領兵也不過三五萬，這是歷來慕容氏對待外來降臣最大的限度了。如同傅彥之輩的，還有一個孫希，他們與從慕容恪軍中出來的皇甫真相比，實在差得太遠。究其原因，還是慕容氏對他們不夠信任，燕國佔領北方後，傅彥駐守冀州、孫希駐守並州，兩個人的兵馬不過才一兩萬，而且手下全部是燕國皇族，表面上看是重用他們，實際上卻是暗地監視，如果有什麼異動的話，那些燕國皇族的將軍就可以殺之而後快。」

他頓了頓，繼續道：「睢陽城池堅固，傅彥又善於守城，強攻的話，固然也能取勝，但是卻不一定能夠捉到傅彥。大王，燕國皇帝慕容俊不是死了嗎？我們可以在這件事做文章。傅彥身為燕國大將，肯定是知道的，可是他手下的那些將領就不一定知道了。屬下知道傅彥手下有一個叫慕容華的人，是燕國皇族，此人心胸狹窄，愛猜忌人，如果大王能夠使出反間計，讓慕容華和傅彥自己打起來。傅彥畢竟不是鮮卑人，就算愛兵如子，也不能左右鮮卑人對背叛他們的厭惡，傅彥被逼無奈，走投無路之時，也只能來投靠大王了。傅彥一走，睢陽城就如囊中之物了。」

唐一明聽後，哈哈大笑道：「攻心為上，攻城為下，軍師以前就曾不用一兵一卒收服魯郡的百姓，我也來一次攻心之法吧。」

諸葛攸聽後，問道：「漢王，剛才聽你們說燕帝駕崩了，這是真的嗎？」

唐一明道：「是的，燕帝駕崩有一個月了，只是燕軍沒有發喪而已。如今晉軍還沒有徹底大敗，估計燕帝駕崩的消息還會再封鎖一段時間。賢弟，你在晉朝一直是個小將，如今晉軍敗北，我看你不如來我漢國吧，做哥哥的自然少不了你的好處，做個郡守或是刺史都可以。」

諸葛攸自然知道唐一明是在拉攏他，想了半天，回道：「其實我早有歸順你的意思。只是我以三千殘軍歸順你，給你王帶來不了什麼好處，反而增加你的負擔。我的家小都在建康，如果我現在歸順你，消息傳回建康，只怕我全家不保。」

「既然如此，我也不強求，不過，我漢國的大門始終為你敞開，只要你願意來，我雙手歡迎。」唐一明真誠地道。

諸葛攸聽了很是感動，當即道：「我諸葛攸自認為沒有什麼太大的才能，不過是仗著祖上的功勞才做到將軍位置罷了。不過，漢

王請放心，我諸葛攸他日來歸順的時候，必然會攜全家老小一起投奔漢王，到那時候，為了感謝漢王多次仗義相救，我會一併給漢王帶來一支裝備精良的大軍。」

「呵呵，那為兄就期待賢弟的到來了。」唐一明笑道。

諸葛攸舉起酒杯，道：「漢王，你不嫌棄我，還和我以兄弟相稱，我實在感激不盡。我借花獻佛，以此酒敬漢王一杯！」

「好，舉杯，我們一起乾！」唐一明豪邁地道。

「乾！」諸葛攸、宇文通一起舉杯道。

第二天一早，唐一明便帶著一萬軍隊陳兵在睢陽城下，步騎交錯，刀槍林立，弓弩護其兩翼，雖然只有一萬人，卻顯得很是威武壯觀。

唐一明身披戰甲，威風凜凜地策馬而出，來到隊伍的最前面，目視城樓。見城樓上滾木礌石堆積，弓箭手滿弓待射，不覺稱讚道：「這是我第一次見到燕軍守城如此嚴密的。傅彥將才，比皇甫真有過之而無不及，我越發喜歡了。」

城樓上，傅彥也是一身戰甲，全身披掛，他站在人群中間，望著城下的隊伍，不禁道：「漢軍如此雄壯，難怪皇甫真會屢嘗敗績。」

「傅將軍，你是不是太高抬漢軍了？」站在傅彥身後一個膚色白皙的三十多歲漢子不屑地道。

傅彥面無表情地答道：「慕容將軍，漢軍的隊伍就在城下，你自己一看便知。」

「哼，皇甫真之所以老是敗給漢軍，那是他無能，傅將軍是我大燕的棟梁，如果連這一萬漢軍都擊敗不了，豈不是丟我大燕國的臉面？」那漢子說道。

這漢子叫慕容華，是大燕皇族，雖然三十多歲，卻比慕容恪要晚一輩，被慕容儁派在傅彥軍中，心高氣傲、對傅彥一向是愛答不理的。

傅彥聽了慕容華的話，回道：「慕容將軍放心，只要漢軍攻城，我就讓他有來無回。」

「如此最好！」慕容華冷冷道。

唐一明觀看了城上的動靜後，將手高高抬起。只見漢軍背後擁出一群推著弩車的射手，二十輛弩車在一群射手的控制下調整了高度，弩箭上還綁著一個炸藥包，射手點燃炸藥包後，便將弩箭射出。弩箭帶著被點燃的炸藥，飛一般的射了出去，劃破空氣，直接撞向城牆。

二十聲巨響後，睢陽城樓上的人只覺得腳下晃動，城牆上出現了二十個大小不同的坑洞。如果不是城牆夠厚，只怕會被炸穿出二十個窟窿。

「這……這是……」

慕容華剛從冀州過來，第一次跟漢軍交戰，也是第一次見識炸藥的威力，驚道。

「這是炸藥，漢軍裏竟有如此人才，將炸藥綁在弩車上發射？」傅彥也吃驚地道。

「傅將軍，如果漢軍一直這樣攻打下去，只怕再厚的城牆也會被擊穿的。你要趕緊想想辦法才行啊！」慕容華急道。

傅彥點點頭，道：「嗯，我正在想。」

「漢……漢軍又要發射第二輪炸藥了！傅將軍，快出戰吧，咱們是馬上的戰士，不能耗在這城郭裏啊！必須主動出擊！」慕容華指著城下的漢軍，眼睛裏滿是驚怖地說道。

傅彥冷冷地道：「不！必須堅守！」

「好！你怕死，我可不怕死！我自己帶兵出去迎戰！」慕容華轉身就走。

「將軍，慕容將軍他……」傅彥身後的一個偏將說道。

「不用管他，由他去吧，讓他吃吃虧，以後就長記性了，正好也乘機看看漢軍的實力。」傅彥將手一抬，打住了身後偏將的話。

不多時，城門打開，慕容華帶著五千騎兵從城中馳出，揮舞著手中的長槍、長弓衝了出來。

唐一明一見有人出城，臉上一喜，急忙命令撤退，並且丟下那些笨重的弩車。

慕容華見漢軍掉頭跑了，喜道：「哈哈，原來漢軍都是些草包，只不過是仗著炸藥的威力罷了。如今我軍也有炸藥，在這樣的情況下，等於我軍的實力高過漢軍。族人們，漢軍沒有什麼好怕的，不過是仗著炸藥罷了，跟我一起衝，斬殺敵軍！」

漢軍早有準備，一見慕容華從城裏出來，後面的步軍便率先撤退，緊接著騎兵殿後，緩緩而退，只一溜煙的工夫，便揚起一陣土黃的煙霧。煙霧捲起，被風一吹四散開來，漢軍整個部隊都躲進煙霧裏。

慕容華帶著騎兵迅速衝了過來，一頭也鑽進煙霧裏，緊隨漢軍的後面。

土黃的煙霧中間夾著塵土，到處都是，慕容華搞不懂為何漢軍撤退會捲起如此大的煙霧，但是他來不及細想，便隱約聽見有人在說話，但是話語又非鮮卑話，他覺得奇怪，怕中計，便讓騎兵放慢速度，緊緊地靠在一起。

向前駛出不到十米，說話聲更為清楚，慕容華便豎起耳朵聽了起來。

「大王的計策可真是妙啊，故意將慕容華引出睢陽，到時候傅將軍就能舉城獻給大王了。」

「你不懂就別瞎說，明明是傅將軍主動投降的，但是覺得功勞還不夠大，便想方設法將慕容華騙出城，然後他再前後夾擊，不僅獻了城，還俘虜了敵國大將，豈不是大功一件，大王能不重用他嗎？」

「說的也是。咱們還是快點退吧，一會兒回頭夾擊，也好多殺幾個人！」

「好，快……」

慕容華聽到，不禁一驚，心中暗道：「不好！傅彥這老匹夫要叛投漢軍，怪不得他不願意出戰，還不阻攔我，原來是早有預謀。不行！我不能讓他得逞，我要回去殺了他，自己守城！」

「都停下，停下，快退回去，我們中計了！」慕容華大聲道。

就在慕容華捲進塵土中時，傅彥便大叫道：「不好，慕容華中計了，快隨我殺出去。」

慕容華畢竟是燕國皇族，傅彥見他中計，豈能不救？於是乎帶著一萬精騎從城中駛出，正好撞上慕容華從煙霧中退回。

傅彥見一臉灰土的慕容華回來了，臉上怔了一下，忙道：「慕容將軍，你回來得正好！」

慕容華抖著一臉橫肉，罵道：「不回來難道等你害我嗎？傅彥！你勾結漢國，意圖謀反，幸虧我聰明，不然的話，我的腦袋已經被你砍下獻給漢王了！」

說完，也不等傅彥有所反應，長槍向前一戳，被傅彥一擋，斜刺進傅彥的肩窩。

「你……你這是幹什麼？我見你中計，好心來救你，你為何要如此加害於我？」傅彥用手撫著傷口，不解地問道。

「少囉唆！眾鮮卑武士聽令，傅彥勾結漢國，意圖謀反，我命令你們以鮮卑武士的武勇，將其擒殺！」慕容華叫道。

周圍的士兵搞不清發生了什麼事，面面相覷，一時間竟然愣在那裏。

「還呆愣著幹什麼？還不快動手！」慕容華嗔目道，手中的長槍再次刺出，一股猛烈的力道向著傅彥的心口而來。

「噗！」

一聲悶響，血濺當場。

只不過，在這一瞬間，傅彥和慕容華的中間卻多了一個人，被刺穿胸膛的，是傅彥身後的一員偏將。

那員偏將雙手緊緊地抓住慕容華的長槍，滿口血污地說道：「將軍，我相信你是清白的，只要有命在，何處沒有功業可立？末將欠將軍一條命，現在還給將軍。將軍，你快離開這裏！」

「閃開！」

慕容華將手中長槍用力一挑，將那員偏將連人挑飛，鮮血順著長槍滴淌到慕容華的手上和臉上，顯出了猙獰的面目。

「駕！」傅彥一聲大喝，手提馬韁，縱馬而出。

此刻，他的心裏像是打翻了五味瓶一樣，多年來，除卻了慕容恪對他信任有加外，其他慕容氏都防著他，這種受人猜忌的日子，他整整過了好幾年，慕容華的這番舉動，讓他徹底醒悟，他始終是無法融入慕容氏當中的。

傅彥縱馬狂奔，轉過一片樹林，便不見了蹤影。

慕容華見了，大聲喊道：「追！誰敢再猶豫半點，與傅彥同罪！都給我追上去！」

「轟！」

一個炮彈從空中落下，立刻將燕軍炸得人仰馬翻、血肉模糊，緊接著，如同連珠炮式的轟炸集中在城門的那片空地上，讓還來不及反應的慕容華和燕軍都化成了一灘血漿。

驚慌失措的燕軍迅速退入城中，還來不及關上城門，便見從四面八方殺出喊殺聲震天的漢軍。

燕軍主將傅彥被逼走，副將慕容華又死在火炮當中，士氣頓時大降，好在平素這支軍隊訓練得十分規整，退入城中後，立刻列隊反擊，城上弓箭手也紛紛射出箭矢，強大的箭陣迫使漢軍暫時後退。

不一會兒工夫，唐一明便帶著大軍又殺了過來，和退回的漢軍步兵合併一處，燕軍緊閉城門，漢軍列隊於城外，兩軍中間相隔四五里，形成了對峙。

「大王，傅彥跑了，慕容華死在炮火中，睢陽城內已經群龍無首了！」宇文通帶著三分歡喜地說道。

唐一明臉上也是一陣歡喜，將手一抬，後面軍陣立刻閃在兩邊，中間二十人為一排的大炮被炮手們推了出來，八十門大炮一致對著睢陽城。

「宇文通，朝城裏喊話，投降者免死，否則的話，剛才城門的那一幕就是他們的下場！」唐一明令道。

宇文通點點頭，縱馬向前，站在燕軍射程的外面，指著城門的血污，用鮮卑話大聲道：「漢王有令，投降者免死！爾等若不識時務，就是此等下場！」

第四章

傲笑群雄

「呵呵，軍師說得不錯，我們用兩年時間繁榮了徐州和青州，
以我軍現在的實力，只要守好中原，等兩三年後，
中原成為了天下糧倉，我軍再出兵不遲。
只要我國擁有著先進的大炮武器，就能傲笑群雄！」
唐一明緩緩地說道。

睢陽城中。

一員偏將走上了城樓，看到漢軍陳兵在城外，而且人數比第一次來的時候高出許多倍，中間的軍陣裏，排列著四排碩大的炮口，黑糊糊的圓筒子，雖然他不知道那是什麼東西，卻也能夠感受到一股冷峻的殺意。

不過，鮮卑人天生就是一股剛硬的脾氣，那員偏將看看城中還有兩萬多的士兵，認為可以一戰，便喊道：「想讓我們投降？門都沒有！呸！」

宇文通氣急敗壞地回到本陣，將那員偏將的話轉告給唐一明。

唐一明冷笑了聲，對身後的炮兵連長說道：「先用一個班的兵力瞄準城樓，把那個該死的偏將給我轟掉，順便讓那些自以為是的鮮卑武士們也嘗嘗我們漢軍的厲害！」

「諾！」炮兵連長應聲，手中小旗一揮，便開始一連串動作，只見大炮的炮口冒出一層白煙，二十顆炮彈便徑直飛了出去，直接轟炸在睢陽城的城門上。

「砰！」

二十聲巨響後，城門被轟成了齏粉，那員偏將和周圍的弓箭手都被炸成碎片。燕軍害怕得紛紛退下城樓。

「再去喊話，順我者昌，逆我者亡！」唐一明厲聲道。

「漢王！住手！」

突然，從遠處的樹林裏駛出一個騎士，那騎士手捂著臂膀，臉上呈現出痛苦之色，正是受傷逃遁的傅彥。

傅彥翻身下馬，跪在地上，連連叩首道：「傅彥請漢王手下留情，傅彥願意去說服城中將士來降！」

唐一明急忙將傅彥扶了起來，激動地說道：「你果真願意向我投降？」

「漢王軍隊所向披靡，非我等所能比擬，只是城中將士都是與我朝夕相處的人，為了城中那數萬將士的生命，傅彥甘願帶領他們投降到漢王麾下，如蒙不棄，還請漢王收留！」傅彥道。

唐一明高興地道：「好！你果真是個識時務的人，你放心，只要他們肯歸降我，我自然不會虧待他們，我漢國境內也有不少羌騎，我對他們也都是一視同仁！」

「多謝漢王收留！漢王請在此稍歇，傅彥去去就來！」傅彥拜道。

唐一明點點頭，道：「好，傅將軍，本王就在城外等你的好消息！」

傅彥說完，立即翻身上馬，奔馳到睢陽城下，大聲喊道：「快開城門，我是傅彥！」不多時，城門便開了一個小洞，傅彥單騎溜進城裏，城門再次關上。

唐一明目視著睢陽城，靜靜地等候著消息。

可是這一等，便是半個時辰。

宇文通擔心問道：「大王，那傅彥不會言而無信吧？他都進去好一會兒了，以他在燕軍中的威望，應該很快就能說服他們的。這麼久，莫非傅彥是在拖延時間？」

唐一明很有信心地道：「本王相信傅彥！」

諸葛攸忍不住道：「漢王，俗話說，害人之心不可有，防人之心不可無啊！」

唐一明聽了，說道：「再等半個時辰，如果傅彥還不帶人出來投降，就把睢陽城夷為平地！」

「諾！」

時間一分一秒的過去，眼看日頭偏西，可是睢陽城中還是沒有一點動靜。

「過了多久了？」唐一明再也坐不住了，不耐地問道。

「啟稟大王，還有一刻，時間就到了。」身邊的人回道。

就在這時，睢陽城城門突然打開來，傅彥帶著城中的兩萬多燕軍士兵排著長隊走了出來。

「呼！」唐一明長出了一口氣。他迎上傅彥，問道：「傅將軍，你的傷還好嗎？」

傅彥跪在地上，道：「傅彥率城中兩萬三千二百六十一人前來投靠漢王，還望漢王收留！」

唐一明將傅彥扶了起來，道：「傅將軍，你這是棄暗投明，本王十分歡迎。」

「唉！是末將糊塗，一直忠心於大燕，沒想到到頭來落得這個下場。」傅彥嘆道。

唐一明道：「將軍不必自責，其實，這是本王害了你……」

「不！若不是漢王如此，末將又怎麼能認清自己的處境呢？末將曾為大燕立下了汗馬功勞，多次衝殺於陣前，除了太宰慕容恪外，其他人都對我這種外來降將十分輕視，唉，不說了，傅彥從此以後就跟著漢王了，願意為漢王為開路先鋒，替漢王收取陳郡！」傅彥道。

「你……你怎麼知道我準備攻打陳郡？」唐一明驚奇地問道。

傅彥道：「漢王從徐州兵分兩路，一路南攻，一路北進，所攻取的都是豫州之地，而末將之前接到消息，貴國軍師王相國也率領大軍攻取兗州，末將能夠看得出來，漢王有佔據中原之意。兗州、豫州相接，若能攻取兩地，便能進佔宛洛，將燕軍驅逐出中原。末將不才，願意以降將身分為漢王攻取陳郡，也算是末將投靠漢王的第一功！」

「哈哈，好，太好了，本王身邊就是缺少你這樣的將帥之才。用人不疑，疑人不用，本王就讓你繼續統領你的舊部，替本王收取

陳郡，然後北進兗州，與相國合兵一處，攻取洛陽！」唐一明興奮地道。

傅彥感激地道：「漢王，傅彥是降將……漢王還能如此信任末將，末將……末將……」

「傅將軍，什麼降將不降將的，只要志同道合，就是兄弟，從今以後，你就是我的傅大哥，做小弟的又怎麼會懷疑大哥呢？」唐一明道。

傅彥幾欲落淚，正色說道：「漢王，陳郡離此還有些距離，末將只帶部下五千精騎去取，其餘部隊都交給漢王，等收取了陳郡，漢王再對末將委以重任不遲！」

「好，就依傅將軍的意思。」唐一明道。

傅彥道：「漢王，末將這就去取陳郡，還請漢王在睢陽城中歇息一天，最遲後天，末將便請漢王到陳郡坐鎮！」

唐一明拱手道：「傅大哥保重！」

傅彥道：「漢王保重！」

兩日後，果如傅彥所言，唐一明帶著數萬大軍果真站在陳郡城牆上。

陳郡是豫州刺史的治所，傅彥投靠漢軍的事還沒有那麼快就傳到陳郡，傅彥正是利用這個時間差，帶著五千精騎進了陳郡，直接闖入刺史府，殺掉燕國所委任的刺史，並且控制住局勢，用他的個人威望收降了一萬五千的燕軍，並且佔據了陳郡。

睢陽、陳郡兩地均落入漢軍的手裏，不僅使得漢國的地盤擴大了一倍，還讓唐一明得到三萬多的燕軍，實力大為增加。

為了賞罰分明，唐一明便任命傅彥為豫州刺史，率領三萬多燕軍駐守陳郡，並且賜予大將軍銜。但是，唐一明還讓他們繼續保留原有建制，以免一時適應不了。

佔領陳郡後，唐一明便駐紮在陳郡，派偵察兵打聽王猛、李國柱等人的消息，另一方面也密切關注燕軍的動向。諸葛攸在此時告別唐一明，率領三千多殘軍退回晉朝淮南駐地。

此時，王猛已經攻下了大半個兗州，陳兵於野，直逼陳留；李國柱、趙乾、陶豹、孫虎四人也已經攻取了譙郡和汝陰郡，並且駐紮在汝陰，與汝南郡相鄰。如此一來，唐一明所制定的中原攻略第一步完成，將半個中原都收入自己的囊中，並且將燕軍推向了西邊。

與此同時，燕軍自從臨潁一戰勝利之後，便在慕容恪的指揮下，大軍所向披靡，使得士氣低落的晉軍節節敗退，最後不得不退守襄陽。燕軍則順勢南下，駐紮在新野，對於漢國出兵卻毫不知情。

新野城中，大元帥慕容恪正在與眾將歡聚一堂。

「大元帥，這半個月來，我軍勢如破竹，節節勝利，晉軍則是連戰連敗，如此一來，不出一年，我軍便能盡占荊襄之地，實在是可喜可賀啊！」孫希興奮地道。

慕容恪也是一臉笑容，環視著眾將道：「這些都是眾將的功勞，只要我們再接再厲，必然能夠一舉攻破襄陽。桓溫的老巢就在荊襄，晉軍裏，除了桓溫，再無任何人是本帥的對手，只要擊敗桓溫，佔據荊襄，便等於將整個晉朝一分為二；到時候，關中與荊襄同時出兵，攻打巴蜀，將巴蜀也收入我大燕的囊中，如此一來，佔據江東的晉朝就不足為慮了！」

「大元帥，真沒想到我軍會進展得如此順利。」陽鶩不禁感慨道。

「四哥，我覺得晉軍敗退得如此迅速，似乎有點不合情理。我軍前腳到，晉軍戰都不戰便退走了，似乎有意地保留實力。晉軍三十萬，可是安全退走的還有十幾萬，而且在每每撤退的時候，似乎知道自己要敗一樣。還有，漢國也不能不防，唐一明雖然口頭上答應兩不相幫，但是我大軍南進，豫州、兗州空虛，萬一漢國攻打我軍那就糟糕了。」慕容垂擔心地說道。

慕容恪道：「五弟，你說的不無道理，不過，我已經讓慕容塵駐守兗州，傅彥帶著兵馬乘勢收取豫州，兩地差不多有十萬軍隊，就算唐一明要攻打的話，也不是那麼容易的事情，別忘了，我可是在那裏放了許多炸藥的，就是為了防止和漢國對陣的時候用，以傅彥的將才……」

「大元帥，大事不妙了！」一個燕軍小將灰頭土臉地從外面跑了進來，身上還帶著血污。

一石激起千層浪，本來大廳高興的氣氛，因為這個小將的到來變得緊張起來。

慕容恪當即問道：「出什麼事了？」

那小將跪在地上，哭喊道：「大元帥，漢軍……漢軍攻佔了豫州大片郡縣，傅彥將軍也投靠了漢軍！」

「什麼？你說什麼？傅彥他投靠漢軍了？兗州……那兗州如何？」慕容恪緊張地問道。

那小將道：「末將從汝陰郡趕來，漢軍李國柱、趙乾等人正舉兵攻打汝南郡，末將聽說兗州也遭到了漢軍襲擊，而且大部分被漢軍佔領，如今漢王和王猛正在夾擊陳留！」

慕容恪聽後，僵硬地站在那裏，拍了面前的桌子一下，震得桌子上的東西亂飛，紛紛掉到地上，他恨恨地道：「可恨的唐一明！傅彥……傅彥怎麼會投靠漢軍？中原是大燕根本所在，豈能丟失？傳我將令！火速回師！」

巍峨的洛陽城中，到處都瀰漫著緊張的氣氛，漢軍以迅雷不及掩耳之勢橫掃豫州和兗州，讓在洛陽城中的慕容塵感到惶惶不安。

五日前，慕容塵剛剛從陳留兵敗，對於漢軍所用的大炮，他無能為力，堅守只有死路一條，於是他來不及帶走城中糧草，便在隆隆炮聲中帶著部隊逃遁到滎陽，他自己則回到洛陽搬兵救援。

與此同時，慕容恪正帶領二十萬燕軍從新野迅速返回，沿途得知豫州和兗州都被漢軍佔領後，慕容恪懊惱不已，也對漢軍的作戰實力感到震驚。

十幾天以來，不曾下過一滴雨，乳白色的輕霧瀰漫在空氣裏，籠罩著遠處的林木，散發著燃燒似的氣息。許多灰暗的、輪廓朦朧的雲飄浮在蒼藍的天上，此時是六月，天氣酷熱，無比煩躁。

陳留城中，漢軍幾乎都躲在房檐下，不敢在烈日下曝曬。唐一明、王猛等人會師後，只用了短短兩天時間而已，便攻下陳留。整個城中駐守著十萬漢軍將士，全部都是最為精銳的士兵。

太守府裏，唐一明搖著闊葉扇子，笑道：「軍師，這一路攻來，你們辛苦了，如此燥熱的天氣裏，仍然能夠保持如此強勁的戰鬥力十分不易，如今我們已經佔領了兗州和豫州，完成中原攻略的第一步，下一步就是宛洛。據關二牛回報，慕容恪已經從新野撤軍，二十萬大軍不日就抵達洛陽，慕容塵也駐守虎牢關，看來慕容恪是想和我們進行決戰了！」

「怕什麼？決戰就決戰，他們能打敗晉軍，卻未必能打敗我們，咱們的大炮可不是吃素的！任他來多少兵馬，只要炮兵團在那裏一架，定然叫那些燕軍有來無回！」陶豹大咧咧地說道。

眾人聽了陶豹的話，都哈哈地大笑起來。

「你們笑什麼？難道俺說錯了？咱們的大炮本來就很厲害嘛。」陶豹道。

「是很厲害，不過也不能過於依賴它，太過依賴，就會使得士兵有驕狂的心理，士兵會想，反正有大炮，也就不會想去苦練自身的能力了。不過，這次我們一定要讓燕軍喪膽！如果能夠消滅燕軍的這二十萬主力大軍，我們就能穩站中原，關中和西北也會盡皆反燕，這樣一來，燕軍只能退守黃河以北。」唐一明分析道。

姚襄道：「不錯，秦國、涼國和代國雖然被滅，可是餘孽未除，一旦這二十萬燕軍戰敗，勢必會激起關中叛變，到時候各地反燕情緒高漲，燕國也就大勢已去。我軍佔領洛陽之後，也可向北進軍，攻打燕國，乘勝追擊，一舉便可使得燕國覆滅！」

「不！不能進展得如此迅速！」王猛反駁道。

姚襄問道：「為什麼？一旦剪除了這二十萬燕軍主力，燕軍在河北的兵將就不足為慮，我軍不趁勢佔領，難道還讓燕國苟延殘喘不成？」

王猛道：「話雖如此，可是事實並非如此。燕軍用了兩年時間滅了三國，可是到頭來呢？卻還是一盤散沙，我軍不能步燕軍後塵，應該在佔領中原之後休養生息。中原經過數十年的戰亂，早已是荒蕪一片，如果要永久居於此地，必須多招納民眾，給予他們土地，將中原發展成天下的糧倉！如此一來，我漢國才能長久於天下！」

「呵呵，軍師說得不錯，這正是我要說的。我們用兩年時間繁榮了徐州和青州，以我軍現在的實力，佔領中原後，就沒有必要再繼續擴張了，只要守好中原，繁榮發展，其他地方的霸主也絕對不敢犯邊，等兩三年後，中原成為了天下糧倉，我軍再出兵不遲。得中原者，得天下！只要我國擁有先進的大炮武器，就能傲笑群雄，晉軍已經元氣大傷，五年內難以恢復，如果此戰再將燕軍擊敗，那燕軍也如同晉軍一樣。另外，此時黃大在三韓的軍團，應該發動了對遼東半島的攻擊，只要佔領遼東半島，就等於切除了燕軍的退路，黃大在北，我們在南，好好地發展幾年時間，必然能夠成為天下的霸主！」唐一明緩緩地說道。

眾人聽後，都紛紛點首稱是。

「大家難得能夠歡聚一堂，而且慕容塵也給我們留下了不少糧草，今天是我們佔領陳留的第一天，就讓大軍開懷暢飲一番，三日後，起兵和燕軍決戰！」唐一明下令道。

「是！」眾將齊道。

洛陽城。

慕容恪從新野帶著二十萬大軍返回洛陽，使得瀰漫在洛陽上空的緊張氣息煙消雲散。大軍只在洛陽休息了一天，隨即開赴滎陽的虎牢關。

虎牢關，這座洛陽城的屏障，扼守著從東向西的必經路線，成為重要的關口之一。

虎牢關壁立千仞，南連嵩嶽，北臨黃河，唯有西南一深壑幽谷通往洛陽，有「一夫當關，萬夫莫開」之勢，是東都洛陽的門戶。由於地扼要衝，歷史上許多軍事活動均發生於此。

六月十日，漢軍和燕軍對峙在虎牢關前，漢軍十萬，燕軍二十三萬，三十三萬兵馬陳列在不足百里的地方上，將虎牢關東西兩側的寬闊道路都盡皆占滿，從空中望去，黑壓壓的一片。

虎牢關上，慕容恪戴著猙獰的面具，遙望關外大片的曠野，隱約能看見十里之外的漢軍營寨。身後慕容垂、慕容塵、孫希、陽鶩等人皆侍立在左右，沒有人說話，頂著烈日，吹著熱風。

良久，慕容恪轉過身子，取下了臉上戴著的面具，說道：「慕容塵，你說漢軍能在十里之外攻打城池？」

慕容塵點點頭，臉上顯出驚怖之色，惶恐地道：「大元帥，一點不假，陳留之戰，我軍還沒有看見人，就聽見隆隆爆炸聲，城中便瘡痍滿目了。」

「唐一明到底是人還是鬼？為什麼總是能夠製造出讓人意想不到的武器來？就算是晉軍的投石機，射程也不過四五里遠……漢軍現在在十里之外紮營，若是一番狂轟亂炸，只怕虎牢關裏的二十萬大軍便會在頃刻間化為烏有！我該怎麼辦？」慕容恪腦子裏一片混亂，心中焦躁不安。

自從十五歲一戰成名，慕容恪這個名字便與燕軍緊密地連接在一起。二十年來，慕容恪未曾遇過如此強勁又詭異的對手。

「大元帥，漢軍新到，暫時未展開攻勢，不如……不如今夜劫營如何？」孫希道。

慕容恪搖搖頭，道：「漢軍營寨四處都有拒馬環繞，內設高塔，藏弓箭手，而且又分成十幾個小寨，縱使能夠殺入營寨中，也是徒勞無益。以漢軍的實力，如果唐一明真想攻打我軍的話，只怕早在十里之外就開始轟炸了，如今他立下營寨已有兩天卻毫無動靜，你們難道不覺得奇怪嗎？」

「是有些奇怪！」慕容垂聽了道：「四哥，你可曾看出其中奧妙？」

慕容恪苦著臉道：「如果我能看得出來，就不會站在這裏了。不管他有什麼動靜，我們都只能靜觀其變！五弟，你傳令讓大軍散開，將營寨每隔五里一營，這樣一來，可以避免漢軍突然發動襲擊。」

「每隔五里一營？那隊伍豈不是要紮到滎陽去了？要調動的話也不好調動啊！」慕容垂質疑道。

慕容恪道：「五弟，我們不是要和唐一明血拼，而是要保存實力。你照我的話去做，就算敗了也不至於慘敗，至少還有兵力沿途堵截。」

「嗯，我知道了。」慕容垂便去下達命令了。

虎牢關外，漢軍大營裏，唐一明正在焦急地等待著，臉上顯得有點不安。

過了一會兒，王猛從帳外走進來，欠身說道：「大王，蘇夫人已經按照大王的意思率領海軍到達指定地點，只要這裏戰鬥一打響，海軍那邊便會立刻進攻洛陽，襲擊燕軍背後！」

「太好了！我軍在此駐紮兩天，也休息夠了，今天該和燕軍較量一番了！傳我將令，大軍開始進攻虎牢關！」唐一明興奮地道。

一聲令下，八萬大軍浩浩蕩蕩地殺向虎牢關，左邊羌騎，右邊漢騎，中間是步兵，炮兵團在最後面，五百四十門大炮一致朝著虎牢關。

慕容恪站在城牆上，望著關外的漢軍，不禁自語道：

「短短兩年時間內，漢軍居然能發展得如此迅猛，唐一明實在是深不可測！」

「大元帥！你看，在漢軍最後面的，就是漢軍的秘密武器！」慕容塵急忙指著漢軍最後的炮兵團，大聲說道。

慕容恪眼睛盯著前方，隱約看到那些東西，也覺得很不可思議，為何那東西能在十里之外就發揮作用。

「如果我軍也有這樣的武器，西征的時候，也不會白白的死去那麼多大燕武士！」慕容恪感慨道。

「四哥，我們現在該怎麼辦？」慕容垂問道。

慕容恪道：「能怎麼辦？出兵對陣，只要能繞過漢軍，衝入後方擊破那些漢兵，我們就能少傷亡。」

「大元帥有令，出城迎敵！」慕容垂高聲道。

不多時，虎牢關城門打開，從城中湧出一排排騎兵，這一次，慕容恪沒有使用連環戰馬，因為太過笨重，奔跑不易，而且就算出動了，面對那麼厲害的武器，也是一片死屍。

虎牢關上弓箭手林立，關下，慕容恪、慕容垂、慕容塵、孫希等人盡皆出動，身後五萬燕國騎兵，每一個都是身經百戰的勇士，慕容恪想以這五萬騎兵為代價，擊敗唐一明的炮兵兵團。

唐一明騎在馬上，那匹馬全身通紅，沒有一根雜毛，正是慕容靈秀的坐騎火風。自從燕軍和漢軍開戰以來，唐一明怕她知道了為難，便一直哄騙著慕容靈秀，將她留在廣固王府內。

唐一明雙腿用力一夾馬肚，向前驅動了幾十米，看著對面陣中，慕容恪戴著一具銀色的猙獰面具，透過那具面具，他看到的是一雙充滿殺意的眸子。

唐一明停了下來，向慕容恪拱了拱手，笑道：「慕容將軍！泰山一別，別來無恙否？」

慕容恪也客氣地拱手道：「多謝漢王記掛，本帥好得很。」

「哈哈，好就行。不過，此一時彼一時，當年你逼迫我的時候，可曾想過有今天？」唐一明呵呵笑道。

慕容恪冷哼一聲，道：「當初我沒有親手將你平滅，留下你這個禍害，實在是我的錯。唐一明，今天就讓我見識見識你兩年來的實力吧！」

唐一明道：「當然，慕容將軍，我漢軍雖然兵少，卻都是最精銳的，而你燕軍雖多，卻不足為慮。我看，你還是投降算了，免得到時候生靈塗炭！」

「呵呵，漢王的好意我心領了。咱們廢話少說，手底下見真章吧！」慕容恪說完，大喝一聲，綽槍而出。

唐一明怔了一下，見慕容恪衝來，原來是要和他單挑！他看了身後的陶豹一眼，說道：「陶豹，交給你了！」

陶豹點點頭，抽出腰間破軍縱馬而出。

唐一明緩緩退後，心中暗道：「哼，居然要跟我單挑，老子才不吃虧呢，老子雖然不怕你，但是難保不會有意外，要是我有意外，誰來指揮這十萬大軍？豈不是如了你的願？」

「錚！」雙馬相交，刀槍並舉，陶豹和慕容恪一閃而過。

「撲通！」

慕容恪手中長槍斷裂開來，槍頭掉落地上，發出一聲悶響。他勒住馬，丟棄手中的槍柄，取出大弓，大喊道：「唐一明，你為何不敢與我決一死戰？」

「沒那個必要！」唐一明喊道。

慕容恪氣急敗壞，他本想和唐一明單挑獨鬥，無論勝敗如何，兩個人中總有一死一傷，可是沒想到唐一明卻不敢迎戰。他扭過頭，卻看見陶豹舉刀縱馬而來，他當即將一支長箭搭在弦上，瞅準時機，朝著陶豹便放了一箭。

長箭劃破空氣，發出一聲嗡鳴聲，看似要插在陶豹身上，卻被陶豹寶刀一擋，將長劍攔腰斬斷。他嘴角笑了笑，看見慕容恪就在眼前，當即揮刀砍去！

第五章

決戰虎牢

從樹林邊發射了一輪連珠炮式的轟擊，皇甫真大吃一驚，
座下馬驚，將他掀翻在地，他剛從地上爬起來，
便見一顆炮彈朝著自己飛來，落在他的腳邊，
一聲巨響，他還來不及喊出聲，便被炸得四分五裂，
可憐一代名將就此身亡。

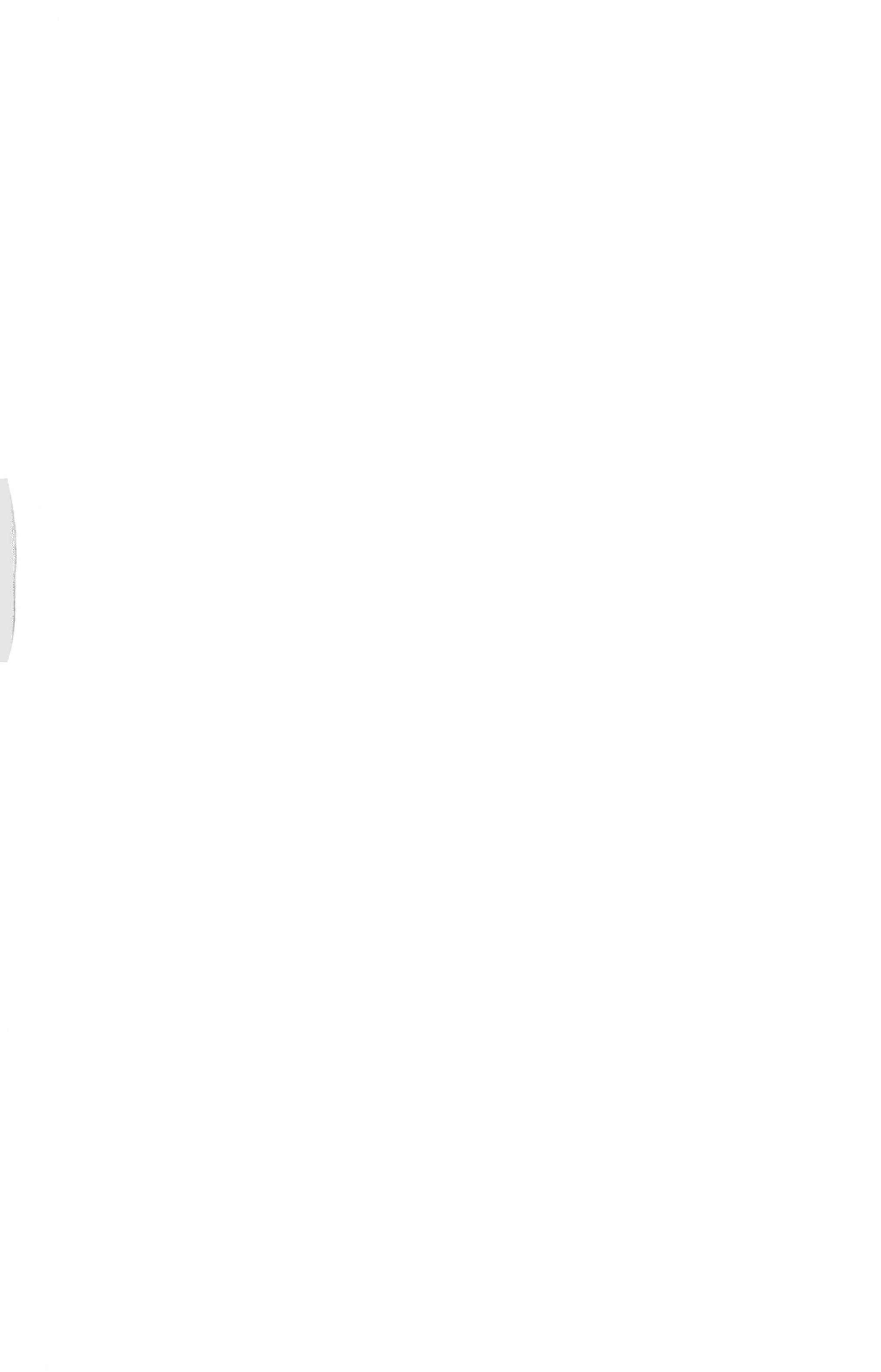

「錚！」

一桿大戟擋住了陶豹的寶刀，兩柄如寶的兵器碰撞在一起，發出了清脆的聲音。

陶豹一見那大戟，便笑了笑，抬頭看見慕容垂的熟悉臉龐，喊道：「慕容將軍，別來無恙啊？」

來人正是慕容垂，他一直在留意著慕容恪，見陶豹逼來，擋住了他的兵器，頭也不回地道：「四哥快走！」

慕容恪恍然大悟，知道他因為急躁而險些犯下大錯，當即縱馬回陣。

慕容垂將方天畫戟一橫，逼開陶豹，同時策馬而走，叫道：「野漢子，現在不是跟你玩的時候！」

慕容恪回到本陣，當即吩咐道：「五弟，大燕軍中數你最為英勇，給你一萬精騎直撲漢軍陣地，務必要讓漢軍見識一下咱們燕軍的厲害。對方雖然有炸藥，可是一旦雙方交戰，那些武器也就失去了意義，我讓孫希和慕容塵在兩翼給你策應。」

慕容垂點點頭，道：「四哥放心，就算豁出這條命不要，我也要在今天殺了唐一明！」

「五弟不可魯莽，唐一明帳下的那個醜漢子十分驍勇，萬一被他糾纏上，你也擺脫不了。你只管帶著人衝殺，進陣後，什麼都不要管，對著中軍殺去即可；就算一萬士兵全部陣亡，只要能打擊漢軍士氣，也是值得的！不過，你自己要多加小心，形勢不妙就不要勉強，交給皇甫真去做！」慕容恪道。

慕容垂看了看，未看見皇甫真，奇怪地道：「四哥，皇甫真……皇甫真哪裡去了？」

慕容恪回道：「我已經在昨晚將他調出虎牢關，埋伏在他處，任漢軍的哨騎也沒有察覺，你只管進攻，到時候皇甫真自然會出現！」

慕容垂聽了不再猶豫，將手中方天畫戟向前一招，大聲對身後的士兵喊道：「勇士們，養兵千日用兵一時，今天是我們奮力拼殺的時候了，一定要擊垮漢奴的陣營！跟我衝！」

「為大燕國而戰，為大燕國而死！殺啊！」一萬精騎尾隨慕容垂身後，拉弓射箭，快速地從正面衝向漢軍陣地。

「慕容塵、孫希，各帶兩萬人向漢軍左右兩翼殺去，以弧形包抄，只許向前，不許後退，違令者斬！」慕容恪喊道。

一聲令下，慕容塵、孫希立刻帶著剩下的四萬兵馬，排山倒海般的向漢軍壓了過去。

慕容恪掉轉馬頭，馳回虎牢關內，上城牆，與陽鶩站在一起，遙望著關外大戰。

漢軍陣中，唐一明命令炮兵團開始一番狂轟，同時命令前排重步兵散開兩邊，以一個團為單位，圍成一個弧形聚攏在一起，將手中長戟架在盾牌上，只一瞬間便分成了十幾個小團體，各自為戰，但又互為犄角！

漢軍騎兵不進反退，退守到炮兵團附近，守護住炮兵團。三萬女兵則列陣於炮兵團後面，手裏都帶著長劍類的輕兵器，還拎著類似於手榴彈的投擲類炸藥。

但聽空曠的原野上炮聲隆隆，燕軍士兵還沒有靠近，便被炸得四分五裂、人仰馬翻，兩輪炮彈落下後，燕軍五萬大兵竟然死傷了大半，這種威力，任誰見了都感到很是吃驚。

在炮聲下僥倖生存的燕軍士兵，控制住受驚的馬匹，耳朵裏全是嗡嗡的轟鳴聲，對於耳邊的叫喊全然聽不見。但是，燕軍士兵卻沒有絲毫退卻的意思，當他們看見死去的族人和血肉模糊的戰場時，眼睛裏都充滿了怒火，大聲呼喊著，策馬揚鞭，向著漢軍的陣地飛馳而去。

當燕軍士兵臨近的時候，炮聲停止，漢軍陣地後面炮兵團迅速收縮，在女兵方陣的掩護下，悄悄地離開戰場，退到相隔五里遠的一片樹林裏去。

漢軍一個團的重步兵紛紛拉開弓箭，射向衝過來的燕軍騎兵。與此同時，其他方陣也開始蠕動，黃二、李老四、劉三等人各自指揮著自己的隊伍，朝燕軍迎了上去。

「砰！」

衝來的燕軍騎兵與漢軍的步兵撞在一起，發出一聲巨大的轟鳴聲。馬匹的衝撞力度將漢軍手持盾牌的步兵撞飛，受傷的士兵痛不欲生。

「趕緊拉到裏面，旁邊的補上缺口！」黃二站在方陣的一側大聲喊道。

馬撞人飛，長戟刺出，燕軍與漢軍就這樣混戰在一起。那些受傷的士兵全部被拉到戰陣中間，外面一圈士兵用盾牌擋住，看見騎兵便刺出長戟，漸漸地穩住局勢。

但是仍有一個步兵方陣在慕容垂帶領的騎兵下被衝破。陶豹看見這一幕，按捺不住，抽出破軍寶刀，一提韁繩便要上去廝殺。

「陶豹！」唐一明看見陶豹的動作，趕忙阻止道：「現在還不是時候！」

「大王，那個團的兄弟都快死光了，再不上去，慕容垂就更加肆無忌憚了！」陶豹大聲喊道。

「我看見了，你以為我心裏不難受嗎？為了能夠徹底擊垮這五萬精騎，你就必須給我忍住！」唐一明大叫道。

陶豹惡狠狠地盯著慕容垂，靜候唐一明的命令。

李老四正遭受慕容塵的猛烈進攻，好在他守禦有方，用乞活軍那一套以步制騎的辦法，遏制住了慕容塵的進攻。

戰場上的士兵還在廝殺，雙方的統帥都是緊皺眉頭，尤其是虎牢關上的慕容恪，眉頭更是糾結在一起，只是他戴著面具，別人沒發現罷了。

「大元帥，漢軍的戰鬥力較之兩年前大有提高，就連在守禦上也十分靈活。我軍五萬騎兵先是被對方轟死了一大半，現在又被漢軍近兩萬的步兵方陣堵住，而對方騎兵還沒有出動，只怕這樣下去，五萬騎兵要全軍覆沒了！」陽鶩緊張地道。

慕容恪微微地點了下頭，對身後一個旗手說道：「給皇甫真發令！」

旗手當即跑到城牆上，揮動著手中的大旗，傳令下去。

虎牢關外。

唐一明目視著關上的動靜，從一開始，他就有一種不祥的感覺，所以遲遲不肯出動騎兵。當他看到虎牢關上旗手揮動大旗的時候，臉上終於露出笑容，說道：

「果然不出我所料，我軍駐紮在關外兩天，燕軍卻沒有任何動靜，實在可疑，今日一見，看來燕軍是早有埋伏，等我們前來攻打。宇文通，速速通知炮兵團，將炮口瞄準西北角，一見有燕軍出來就立即開炮！」

宇文通立即領命而去。

唐一明又道：「陶豹，你不是憋了很久嗎？你帶著騎兵，慕容垂就交給你了，不管死活，都別讓他跑掉！」

陶豹大喜，憋了很久的悶氣頓時在此刻全部釋放了出來，大喊道：「弟兄們，跟我一起衝過去殺了燕狗，替死去的兄弟報仇！」

「姚襄、孫虎、姚益、趙乾，帶著所有騎兵一起壓陣！一定要全殲這些燕軍！」唐一明令道。

「諾！」

時近黃昏，虎牢關外西北角的一個山地上，轉出一撥黑色大軍，皇甫真戴著倒掛羊角式的頭盔，一馬當先從山坡後衝了出來。

久違的炮聲再次響起，從相隔十三里外的樹林邊發射了一輪連珠炮式的轟擊，使得剛露頭的燕軍死傷一片。

皇甫真大吃一驚，座下馬驚，將他掀翻在地，他剛從地上爬起來，便見一顆炮彈朝著自己飛來，落在他的腳邊，一聲巨響，他還來不及喊出聲，便被炸得四分五裂，可憐一代名將就此身亡。

山坡後面還沒來得及衝出的燕軍騎兵早已被嚇得兩腿發軟，不敢向前。一排炮聲響完，山坡前到處血肉模糊。

虎牢關上，慕容恪驚呆地看著被炸死的皇甫真，心中悲憤到了極點。他取下戴在臉上的面具，眼眶中浸滿了淚水，哀慟地道：

「楚季，是我害了你啊！」

陽鶩眼裏也滿是傷感，勸道：「大元帥，生死有命，請大元帥節哀順變！」

慕容恪忍住傷痛，見漢軍全軍出動，將兩萬多騎兵全部包圍起來，不得不下令道：「陽老，傳令撤軍，放棄虎牢，退守洛陽！」

「撤軍？」陽鶩驚道。

「皇甫真戰死，五弟受挫，漢軍的武器太厲害，唐一明沒有用它來轟虎牢關，已經是對我們最大的恩賜了。」慕容恪沮喪地道。

陽鶩點點頭，道：「我明白了！」轉身令道：「慕容強，率領三萬軍出關解救吳王！」

身後的慕容強下城牆，命三萬騎兵出關。

慕容垂、慕容麈、孫希被驅趕到一個大包圍圈中，漢軍騎兵又從後面殺來，將燕軍團團圍住。慕容垂邊殺邊指揮，突然漢軍中一騎衝出，正是死敵陶豹。

陶豹操著破軍寶刀，凡擋在他前面的燕軍盡皆被砍翻，後面五百親隨隨他一起衝入了燕軍陣中。

西南方向，姚益帶著羌騎也從漢軍步兵讓開的路中衝了進去，一陣亂殺，殺死不少疲憊應戰的燕軍騎兵。

陶豹十分悍勇，一番砍殺便衝進燕軍腹地，直接朝著慕容垂奔了過去。

慕容垂此時已是滿身血污，長戟所到之處，漢軍騎兵盡皆落馬，正殺得興起，忽然聽到背後一聲大喝，回頭見陶豹舉刀砍來，急忙用方天畫戟擋住，喊道：「賊漢子，你終於來了，爺爺等你等得不耐煩了！」

「少囉唆！今天不是你死就是俺活！一定要分個勝負出來！」陶豹「呸」了一聲，破軍寶刀抖動，連連向慕容垂砍了三刀。

慕容垂方天畫戟左擋右遮，接連擋住陶豹所攻來的三刀，然後刺斜揮出一戟，差點劃破陶豹的肚皮，道：「賊漢子，不賴嘛！馬上功夫有所長進！」

「呸！賴不賴也不與你相干！看刀！」陶豹大喊道。

兩年來，陶豹苦練馬上功夫，騎術愈發精湛，為的就是有朝一日能夠親手殺掉慕容垂。

慕容垂和陶豹，兩馬近在咫尺，幾招過後，誰也沒有傷到誰。

就在這時，慕容強從虎牢關內衝了出來，邊殺邊喊道：「吳王！大元帥有令，全軍撤退！」

慕容垂一聽這話，見慕容強帶人來解救他們了，當即衝陶豹嘿嘿一笑，道：「賊漢子，今天就暫且跟你比劃到此，以後有機會，咱們再分勝負！」一戟刺出，撥馬回轉，喝道：「全軍撤退！」

「哪裡走?!」

陶豹帶著人直接追了上去，卻被慕容強所帶領的士兵堵住，只能眼睜睜地看著慕容垂逃走。

這時，漢軍陣中鑼聲響起，所有騎兵一聽到鑼聲，便不再追趕，兩軍各自撤退。

這一戰，燕軍失去了三萬多將士，還損失了皇甫真一員大將。而漢軍則損失五千多步兵，一千多騎兵，算是小勝。

陶豹策馬來到唐一明面前，質問道：「大王，怎麼沒有追擊就撤退了？」

唐一明道：「虎牢關內還有二十萬燕軍，追過去又能如何？而且關門窄小，易守難攻，不如等燕軍不戰自退！」

陶豹指著樹林邊的大炮說道：「大王，咱們有大炮，一通亂轟，什麼虎牢關、豹牢關都得統統完蛋，俺不明白，如果一開始就用大炮轟，咱們又怎麼能死那麼多人？」

「你懂什麼！這樣一通亂轟，自然能夠勝利，但慕容恪也會死在炮火當中。慕容恪現在不能死，大燕的局勢還需要他來穩定，如果他死了，大燕的局勢就會陷入動亂，我們也不可能在佔領中原後獲得太平！」唐一明解釋道。

陶豹聽後，不再有任何異議，打掃戰場去了！

「大王，等攻下洛陽、穩定中原後，士兵們就會明白大王的用心良苦了！」柳震在一旁勸道。

唐一明點點頭，道：「這時候，海軍應該在攻打洛陽了吧？」

柳震回道：「以夫人的做事風格，必然不會辜負大王的期望，加上海軍戰船上都配有火炮，不會有什麼危險的。」

「好了，打掃完戰場後，撤軍回營！」唐一明道。

之後三天，唐一明命人前去虎牢關挑釁，可是虎牢關上的燕軍都是閉關不戰。

第四天，唐一明親自帶著兩萬步騎到虎牢關下，看到城牆上到處都插著密密麻麻的燕軍大旗，燕軍士兵似乎都靜止不動。

「這些士兵有多久沒有行動了？」唐一明覺得城牆上的士兵很是可疑，急忙問道。

「啟稟大王，差不多有一天沒有動過了！」埋伏在虎牢關外的偵察兵回道。

「一天沒動？」

唐一明仔細環視了一下城牆，但見那些士兵披著黑色的戰甲，手拄長槍，站在那裏一動不動。他心中一驚，臉上變色，道：「不好！燕軍已經在一天前撤退了！虎牢關早已是一座空城，好個疑兵之計！」

黃二聽罷，一聲大喝，策馬飛馳而出，奔馳到虎牢關下，仰臉看去，那些立在城牆上的燕軍士兵竟然都是稻草紮成的假人，為了逼真效果，燕軍給他們都戴上猙獰的面具，讓漢軍以為駐守在城牆上的是燕軍的幽靈兵團。

黃二朝地上吐了口唾沫，罵罵咧咧地叫嚷了幾聲，回報道：

「大王，燕軍已經全部退……」

「小心！」唐一明看到城垜後面閃出一群人影，手持弓箭朝黃二的背後放出箭矢，急忙提醒道。

「噗！噗！噗！……」

接連許多聲悶響，還來不及喊完話的黃二，背後便中了許多箭矢，箭矢射穿他的胸膛，他的身體鮮血淋淋。整個人就從馬背上墜落在地，立刻停止呼吸，一命嗚呼了！

「進攻！」

看到自己的愛將慘死，唐一明從心底發出歇斯底里般的叫喊，

抽出腰中的佩劍，再也顧不得關內到底是虛是實，將座下戰馬向前一驅便策馬而出。李老四、劉三緊隨而上。

露面的弓箭手紛紛跑下城牆，在關門後面的空地上，早已準備好一百多匹戰馬，於是立即跳上馬，朝西奔去。

「小黃！小黃！」唐一明奔到城牆下，翻身下馬，抱起躺在地上一動不動的黃二大聲喊道。

可是，黃二背上密密麻麻地插著箭矢，早已失去任何知覺。

唐一明眼裏佈滿了血絲，看見燕軍早已跑得無影無蹤，便抱起黃二，衝著隨後而來的漢軍喊道：「把城門炸開！裏面的人一個不留！」

緊接著，空曠的原野上便聽見一聲巨大的轟鳴聲，虎牢關的城門被炸得四分五裂，可是，此時的虎牢關內，除了旌旗密佈和一些以假亂真的稻草人外，再也看不到任何一個燕軍士兵的影子。

陶豹道：「大王，虎牢關內沒有一個燕狗，都撤退得一乾二淨了，我們該怎麼辦？」

唐一明聽了，道：「那撥賊人剛剛逃跑，肯定跑不遠，你火速和孫虎、姚襄帶著騎兵追擊，務必要將那一百多個射死黃二的兇手全部殺死！燕軍雖然撤退，此時洛陽應該已經落入我軍手中，慕容恪知道洛陽丟失，肯定會瘋狂反撲，他的手中還有二十萬兵馬，你讓李老四快速奔回營地，讓軍師拔營起寨，全軍向前推進，進軍洛陽，支援海軍部隊！我的座騎能日行千里，你騎上牠去追擊那一百多個燕狗，千萬不能讓他們逃走，慕容恪給我們製造假象，我們也給他們製造假象，快去！」

陶豹「諾」了一聲，翻身下馬，快速換上唐一明的火風奔馳而去。

「來人！將黃軍長的遺體抬回泰山，好好厚葬！」唐一明見黃二死去多時，漸漸地恢復了理智，緩緩說道。

巍峨而又多災多難的洛陽城裏，漢國的海軍部隊集中在洛陽城的東門。兩萬的海軍部隊，五千人分守西、南、北三門，蘇芷菁則帶著一萬五千人守著東門。

空氣中瀰漫著硝煙的味道，拂面吹來的風中帶著一股濃烈的血腥味，東城門外，黑色的彈坑、支離破碎的肢體，鮮血灑了一地，混合著黃土、彈坑，形成了一種極為罕見的景象。

在彈坑後面五里處，則是嚴整的燕國大軍。慕容恪頭戴銀盔，臉上戴著猙獰的面具，從面具的兩個孔中露出一雙炯炯有神的眸子，目視著前方，一言不發！

慕容垂並排騎在馬背上，手握方天畫戟，看到與他們所在之地相隔十里的戰場，以及坐落在戰場後面那座堅固的洛陽城，忍不住說道：「四哥，再攻一次吧！」

「不！剛才動用了六萬人馬攻城，結果戰死兩萬，受傷三萬，漢軍的大炮實在太厲害了，只要我們稍微靠近一點，就會被他們的炮火所傷。我們現在離洛陽城有十幾里，就算騎兵再快，也要有個緩衝的時間，這段時間，漢軍就足以給我們致命的打擊。我軍本來就不善於攻城，擱在以前的話，對付秦、涼、代三國軍隊還綽綽有餘，可是對付狡猾的漢軍，我軍根本不是對手，我們不能再做無謂的犧牲了！」慕容恪否決了慕容垂的提議。

「難道就這樣算了？我們要是丟了洛陽城，整個中原就全數讓給唐一明，而且洛陽以西也將不復為我大燕所有，那我們苦苦兩年拼殺而來的戰果，就等於化作了泡影！」慕容垂道。

「為今之計，只能暫退河北，我軍在關中留守的兵力不多，一方面要防守著巴蜀的晉軍，一方面還要防止那些被大燕所滅的亡臣顛覆，實在不堪重負。現在咱們在中原的兵力日益減少，整個大燕六七十萬的軍隊，就剩下這十幾萬的精銳了，難道你讓我將這些士兵的性命白白送掉嗎？」慕容恪道。

陽鶩道：「大元帥，漢國海軍偷襲了洛陽，又有利器幫助守城，我軍在中原已經沒有立錐之地了，唐一明若是此時率領大軍突破虎牢關，我軍將陷於腹背受敵之境。以老夫之見，不如主動放棄中原，退守河北，然後派一支勁旅從並州渡河，進入關中，漢軍現在雖然聲勢滔天，卻也到了強弩之末，中原之地廣袤千里，又都是無人之境，只有洛陽城中殘存百姓三十四萬。唐一明是個聰明的人，他手下的王猛更是治世之才，應該都清楚時勢，肯定不會再向前而進，只用現有兵力保守中原之地，北據黃河，南阻淮泗，悉心發展中原。如此一來，我軍可得安生數年。」

孫希道：「大元帥，還有一事不得不防。」

「何事？」慕容恪問道。

孫希道：「漢軍在兩年前已經佔領了三韓之地，如今又開始攻打遼東，如果遼東被漢軍的黃大所部佔據的話，即使唐一明不從中原發病，也可以遙使黃大從遼東出兵，危急我國大後方。遼東是我軍龍興之地，如果不加以爭奪，只怕……」

「你不用說了，這事我早已清楚，慕容龍駐守遼東，那裏有之前皇甫真所訓練的十萬軍隊，加上慕容龍又曉暢軍事，遼東地形複雜，抵擋黃大的部隊不在話下。但是，為了以防萬一，我軍還是應該派兵支援。我意已決！傳令大軍向北渡河，退守河北！太子在鄴城還需要人輔佐，我們大燕雖然一時失意，卻並沒有滅亡！」慕容恪道。

陽騖望見遠處的洛陽城，冷笑一聲，什麼話也沒有說。

慕容恪見狀問道：「陽老，你笑什麼？」

陽騖答道：「大元帥，你還記得咱們第一次佔領洛陽城時，你說過的話嗎？」

「什麼話？」慕容恪道。

陽鶩答道：「大元帥看了洛陽城，站在城樓上，大聲地說道：『三十年河東，三十年河西，不知道我們大燕三十年後會怎麼樣？』，老夫想到這裏，便覺得很心痛，只不過短短的兩年，洛陽城便已經易主了，整個中原也易主了，老夫痛得只能用笑來解憂而已。」

眾人聽後，都不免有悲傷的感覺，臉上也露出憂傷的神色來。

慕容恪重重地嘆了口氣，掉轉馬頭，大聲喊道：「全軍撤退！」

洛陽城。

城牆上，蘇芷菁一身男兒打扮，英姿颯爽地站在那裏。她的目光注視著遠處的燕軍，當她看見燕國大軍撤退後，繃著的那根神經也逐漸鬆懈下來。

「燕軍終於撤退了！」蘇芷菁長長地吁了口氣，道。

「將軍，咱們總算不負重望，守住了洛陽城，這會兒大王肯定會重重地封賞咱們！」

說話的人是楊清，她也是一身鎧甲，男兒打扮，一直跟隨在蘇芷菁身邊，做著貼身護衛和副將的職位。

三萬海軍裏，只有這兩個女人，其他人都是男人。因為蘇芷菁曾經做過海盜頭子，對於水戰十分清楚，唐一明便讓她擔任海軍大將，統帥所有的海軍，並且將楊清安排在她的身邊。

「嗯，等燕軍退了之後，就讓士兵出去打掃戰場，大王要是帶兵來，總不能讓他看見這裏一片狼藉吧！」蘇芷菁吩咐道。

楊清好奇地問道：「燕軍退了，我們不追擊嗎？」

「不追，窮寇莫追，而且大王曾經說過，慕容恪是人中龍鳳，其軍事才能舉世無雙，如果退兵，不可追擊。所以，咱們只需堅守此城就可以了，而且咱們是海軍，陸上作戰已經是很勉強了，如果真和燕軍打起來，只怕吃虧的還是我們自己。」蘇芷菁道。

「哈哈，將軍，你越來越厲害了，都快趕上王妃了。」楊清誇讚道。

蘇芷菁笑道：「小清，少貧嘴，你也不錯，我的計策差不多都是你出的，不算王妃在內，你應該是我們漢軍中的女諸葛了。不過，女諸葛也不能隻身一人啊，大王身邊的陶豹這幾年來對你一如既往，雖然他長得是有點醜，可是心腸好，對你始終一心一意，又是大王的愛將，你難道對他就沒有一點感覺嗎？」

楊清環視左右了一下，下令道：「燕軍退走了，你們速速去城外打掃戰場，不得有誤！」

蘇芷菁見楊清特意將士兵支開，便繼續說道：「小清，我是過來人，你也老大不小，該找個人家嫁了。你現在二十三歲，在漢國的女人堆裏，還有哪個像你這樣還沒有出嫁的？陶豹是個好人，你要是嫁給他，以後準能享福。你不考慮考慮？」

楊清臉上泛起了紅暈，猶豫地道：「其實，我的心也是肉長的，這三年來，他對我怎麼樣，我自己最清楚。我知道陶豹對我好，可是，我並不是嫌棄他醜，而是……而是怕……」

「怕？怕什麼？」蘇芷菁不解地問道。

楊清遲疑地說道：「你也知道，陶豹作戰勇猛，打起仗來不要命，每次都衝在最前面……我不希望自己成為寡婦，我雖然想嫁給

陶豹，可是我很害怕有一天會失去他，害怕從此守寡……」

蘇芷菁見楊清說著說著，眼睛裏浸滿了淚水，眼淚幾欲掉落，便輕輕地將楊清攬在懷中，拍了拍她的背，安慰說道：

「我能明白你的心思，可是這就是我們做女人的命，如果一個女人沒有結婚生子，就不算是個完整的女人。你總是想到壞的一面，卻沒有想到好的一面，你為什麼不想想，你要是嫁給陶豹，以他的為人，他會對你比對自己要好上千倍萬倍。像陶豹這種死心塌地的男人，是可遇而不可求的，你還是儘快做決定吧。」

楊清依偎在蘇芷菁的肩頭，腦中想著三年來陶豹對她的點點滴滴，一陣暖流不覺湧上了心頭，臉上慢慢洋溢起幸福的笑容，心中也不再猶豫不決。

第六章

桓溫倒臺

廣固城中，唐一明還來不及休息，

便見關二牛焦急地等候在王府中的大殿上。

關二牛一見唐一明回來，立刻說道：

「大王，大事不好了，晉大司馬桓溫倒臺了！」

「桓溫倒臺？怎麼會那麼快？你快說，到底是怎麼一回事！」

第二天，唐一明、王猛帶著大軍直接殺到洛陽，而慕容恪帶著十六萬的敗軍已經退走多時，襲擊了漢軍的一個黃河渡口，渡過黃河，北岸燕軍又派出船隻來接應，在一天之內，便盡數退到了黃河以北。

唐一明進入洛陽城中，立即論功行賞，將有功的人都加以封賞，並且將戰死的人予以厚葬，賜予烈士稱呼，家屬並享受國家補助。

燕軍敗退，晉軍退守荊襄、淮泗一線，中原之地盡數為漢軍所佔領，但是，作為漢王的唐一明並不開心，因為黃大所部的三韓軍團正在遼東和燕軍作戰，關中和西北的一些亡臣也在蠢蠢欲動，而中原的無人之地還需要長時間進行治理，這一連串問題都非常的棘手。

燕軍從中原撤退的消息奔相走告，還沒有等到慕容恪派兵從並州渡過黃河進入關中，關中和西北的大地上就發生了巨變，隱匿兩年的秦國亡臣苻雄、鄧羌，帶著舊部重新活躍在關中一帶，並且乘勢奪取了關中的數座城池。那些心向秦國的百姓紛紛反抗，致使燕軍在關中處處受挫，最後被秦國亡臣顛覆，以苻雄為帝，重新建立起新的秦國。

涼州一帶，涼將謝艾公然反抗燕軍，召集了西域少數民族，一起攻擊燕國在涼州的駐軍，攻破了燕軍所任命的涼州刺史，將涼州顛覆。涼國張氏一族在燕軍破城之日盡皆被屠殺，於是涼州百姓便擁護謝艾為涼王。

代國的拓跋鮮卑一脈遠遁漠北，沒有南下的動靜，卻在漠北繼續流浪，只是由於人口和兵力不足，又離並州太近，所以遲遲沒有對河套地區下手，但是他們的心思卻從未磨滅。

短短的一個月內，燕軍便失去了用兩年時間征伐的關中和涼州之地，使得前面的一切努力都成為泡影。慕容恪回到鄴城後，便立即擁立太子慕容暐稱帝，將慕容儁駕崩的消息同時公佈於天下，並且派孫希趕赴遼東戰場，抵禦黃大的進攻。

如此一來，原先的三分之勢頃刻間瓦解，燕、晉兩國元氣大傷，新生的秦、涼兩國實力薄弱，不足以和盤踞在中原的漢國較量。唐一明雖然沒有奪得所有天下，卻以實力榮登天下霸主，笑傲群雄。

佔領中原後，唐一明留下十萬軍隊駐守中原，委任王猛治理，又從青州遷徙二十萬百姓到中原各郡，並且讓王猛樹立義旗，招納流民，以擴充漢國戶口。

廣固城中，剛剛返回的唐一明還來不及休息，便見關二牛焦急地等候在王府中的大殿上。

關二牛一見唐一明回來，立刻敬禮說道：「大王，大事不好了，晉大司馬桓溫倒臺了！」

「桓溫倒臺？怎麼會那麼快？你快說，到底是怎麼一回事！」

唐一明聽了，並不覺得吃驚，反而覺得桓溫倒臺是很正常的，只是他沒想到會在大戰後的兩個月內就倒臺。

關二牛說道：「北伐失敗後，晉朝野震動，不管是百姓還是王公大臣，都將罪魁禍首的帽子扣在桓溫身上。桓溫手中握著荊襄九郡和巴蜀的兵馬，仗著自己的勢力公然馳入建康，準備效仿伊尹、霍光，行使廢立之事，以平息國內輿論，可是不知怎麼計畫洩露了，弄得朝野上下都知道了這個消息，一時間，忠於晉朝的那些將軍們紛紛反叛，開始攻殺桓溫嫡系部隊，經過一個月的廝殺，桓溫的勢力瓦解，不得不逃出建康，準備返回自己的地盤荊襄，可是在半路上卻被幾個士兵給捉住，於是被押送建康交由晉朝天子處理。」

他頓了一下，繼續道：「晉朝天子年紀雖小，可是處理政事卻很得體，他念及桓溫之前功勞甚大，便功過相抵，只罪在桓溫一人身上，沒收桓溫家產，將桓溫賜死，桓溫一家則被驅逐出建康。」

「晉朝天子不過十幾歲，小小年紀居然能處理得如此滴水不漏，背後絕對有高人相助。以我看，這都是謝安在背後搞鬼！」唐一明推測道。

關二牛吃驚地道：「大王，你怎麼知道是謝安在背後搞鬼？大王真是神算！」

唐一明早就預料到了，解釋道：「謝安是個很有才華的人，其智慧不在桓溫之下，桓溫要想行廢立大事，必須先和智囊商量。他的智囊團中，王羲之不問政事，羅友、郗超、王坦之之輩必定在荊襄鎮守，如此一來，就只有謝安、謝奕、袁宏等人，其中又以謝安才智最為過人，而桓溫為了怕走漏風聲，必定只會選擇一個智囊來詢問，那麼那個人一定非謝安莫屬。謝安一心向著晉朝，一旦得知桓溫有廢帝心思，肯定會有所行動。這次晉朝內部的政治鬥爭，定然是謝安所為，桓溫垮臺，王氏沒落，謝氏自然而然就成為首屈一指的大氏族，加上謝安的名聲，我猜現在晉朝中，掌權者應當是謝安。」

闞二牛聽後，佩服地道：「大王，你說得真準，一點都不差。不過，並非是謝安獨攬大權，而是和會稽王司馬昱一起執掌朝政，一為丞相，一為大將軍，並且逐漸收復了桓溫舊部。」

唐一明不禁鼓掌道：「謝安真是個聰明人，他怕別人會說他成為桓溫之流，便拉出司馬昱與他一起執掌朝政，其實大權還在他的手中握著。既然謝安當政，那晉朝的使者也該快來了！」

話音剛落，便見一個侍衛走了進來，報告說：「啟稟大王，晉朝使者求見！」

唐一明拍手道：「說曹操曹操就到，快快有請。」

闞二牛大拍馬屁說：「大王，你真是越來越神了，屬下佩服不已！」

「好了，你且坐在旁邊，聽聽晉朝使者如何說辭！」唐一明走上大殿，坐了下來。

不多時，晉朝使臣便翩翩進了大殿。

唐一明正等待著晉使的到來，卻看見一個十二三歲的男孩走了進來，他覺得很是好奇，但是那男孩行為舉止頗為儒雅，便不自覺地打量了一下那個男孩。

男孩個頭不高，約在一米四，有著一張俊朗清秀的臉孔，兩道劍眉斜插入鬢，一雙鳳目顧盼生威，鼻梁高挺，薄唇緊閉。黑亮的長髮披散在兩肩，藏青色的長袍隨風飄拂，說不出的瀟脫俊秀，好一位翩翩少年郎。

那男孩進了大殿，恭敬地欠身施禮道：「大晉使者謝玄，參見漢王！」

「謝……謝玄？」

唐一明吃了一驚，看到眼前這個儒雅又透著一股稚嫩之氣的男孩，失聲道。

他的腦海中想起了金勇從晉朝收集而來的消息，謝玄，字幼度，謝奕之子，謝安之侄……

「小子正是謝玄。」謝玄又重複了一聲！

唐一明心中不禁暗讚：「好一個謝氏子弟，小小年紀就為使臣，謝氏真是人才濟濟啊。」便問道：「你小小年紀便擔當如此重任，不知道你們晉朝是不是沒有大人啦？」

謝玄面不改色，臉上的笑容依然綻放著，緩緩說道：「漢王說笑了，豈不聞有志不在年高嗎？小子不才，雖然年輕，但是出使一事，足能夠勝任，還望漢王不要見怪！」

「嗯，說得好，不愧是謝安的侄子。我問你，你來我漢國幹什麼？」唐一明問。

謝玄道：「是為了兩國的友好和睦，為了兩國的邦交而來。」

「哦，那你且說說！」唐一明道。

謝玄娓娓分析道：「漢王英明神武，以少勝多，大敗燕軍，奪取中原之地，這事早已傳開，天下又有誰不知道呢？不過，燕國雖敗，實力猶在，慕容恪更是虎視眈眈，漢王和燕軍相距不下，如果能夠得到大晉這個盟友，兩國再次恢復到以前的睦鄰狀態，彼此通商，不出三年，漢王所佔領的中原之地，便可成為天下糧倉；如果大晉在這時候落井下石，那漢王豈不是處在腹背受敵的境地嗎？為漢王計，理應和我大晉結成睦鄰，和平相處。」

「說得好，你小小年紀，見識便如此不凡，是個人才，長大了必定能當個文武雙全的將軍。你放心，我和謝安早已有了約定，五年之內和平相處，至於五年之後，天下大勢又將如何，誰也不能預測，所以我只能依照和謝安的承諾結盟五年。五年後，如果想繼續和睦相處，就必須再次派遣人來聯盟，不過，到時候我同不同意，便是另外一回事了。你……懂了嗎？」唐一明緩緩地說道。

謝玄點點頭，道：「懂了。」

「懂了就好，此事事關重大，我怕你的叔叔在建康等得著急，我也就不留你了，你年輕人經得起顛簸，就辛苦些，回建康將我的意思帶給你叔叔吧！」唐一明道。

謝玄向唐一明拜道：「漢王，叔父讓我給漢王帶來一份大禮，還千叮萬囑，讓小子務必將大禮親手交給漢王，也算是叔父對漢王的一點敬意！」

「哦？沒想到謝安也會送禮了，送的是什麼？」唐一明好奇地問道。

謝玄嘿嘿笑道：「禮物就在殿外，還請漢王讓屬下將禮物抬進來就知道了！」

唐一明斜視了關二牛一眼，關二牛當即走出大殿，再次進入大殿時，便見身後跟著六個士兵抬著三個大木箱，木箱子上還有些許小孔，但是裏面黑漆漆的，什麼都看不見。

「這裏面裝的是什麼？」唐一明看這木箱不似裝金銀珠寶的箱子，疑惑地問道。

「咚！」一聲悶響從木箱裏傳了出來。

「咦？還有聲響，難道裏面裝的是活物？」唐一明訝異地道。

謝玄面無表情，淡淡說道：「這三個箱子裏面裝的，就是叔父送給漢王的大禮，另外，在驛館還有五百個小箱子，裏面是些小禮。叔父吩咐，請漢王驗收了大禮之後再驗收小禮。」

「二牛，打開看看！」唐一明朝關二牛揮手道。

關二牛點點頭，抽出腰中的佩刀，將綑綁在箱子上的繩索砍斷，然後打開其中的一個木箱，瞄了一眼裏面的東西後，吃驚地急忙合上木箱，臉上現出驚恐之色。

唐一明看他這副樣子，不禁問道：「裏面裝的是什麼啊？把你嚇成這個樣子？」

關二牛急忙用刀將繩索砍斷，命人同時將三個箱子打開，展現給唐一明看。

「金勇？張亮？趙全？你們……」唐一明看到箱子裏，三人分別被五花大綁地裝在木箱裏，吃驚地叫了出來。

謝玄道：「這就是叔父送給漢王的大禮，叔父說，這幾個都是漢國的人，住在建康不合適，應該遣送回國，但是他們不太聽話，所以只有出此手段，還請漢王見諒。」

唐一明看到金勇、張亮、趙全三人如此模樣，心中咯登一下，因為這也就意味著潛藏在晉朝內部的情報中心被連鍋端了。

他陰鬱著臉，急忙喊道：「快給他們鬆綁！」

「你回去告訴謝安，這份大禮，我唐一明收下了。我欠謝安一個人情，等以後我一定會送還給他一個大大的禮物作為償還！你走吧，趕緊離開漢國，我不想再看到你！」唐一明對謝玄說道。

謝玄微微欠身，道：「小子告退！」

金勇、張亮、趙全三個人被鬆綁了，三人一經脫身，立即罵罵咧咧的，大殿內一片噪雜。

「安靜！這到底是怎麼一回事？」唐一明走到他們身邊問道。

金勇歉疚地說：「大王，是我等不好，行動隱秘得不夠，以至於被他們給發現了，晉朝不僅沒收了咱們的財產，還將我們驅逐出境，正好被謝玄那小屁孩帶回來了。」

「辛苦你們了，在晉朝兩年收集了不少情報，算是大功一件，只是現在行跡敗露，以後晉朝內部的情況，我們就無法得知了，哎！」唐一明不禁嘆道。

金勇忙道：「大王，你別擔心，我們雖然被抓，但是還有兩千多人分散在晉朝的各個地方，他們並沒有被發現，晉朝內部的消息還是能夠傳遞出來。只是我們的財產都被沒收了，末將覺得十分對不起大王！」

「錢財乃身外之物，沒有了可以再賺，只要你們安全回來就好。現在正是用人之際，你們回來得正好，趕緊休息休息吧，過兩天，我還有任務派給你們！」唐一明道。

金勇三人點點頭，悻悻地退出了大殿。

「二牛，你去將柳震叫來！」唐一明吩咐道。

關二牛立即應命而去。

過了一會兒，柳震來到大殿，問道：「大王，你找我？」

「嗯，如今黃大正在遼東激戰，路途太遠，消息傳遞不過來。我聽說慕容恪已經派遣孫希帶兵三萬前去支援慕容龍，所以我想聽聽你對遼東的戰略看法！」唐一明道。

柳震回道：「大王，如今中原戰事已了，如果遼東單線作戰的話，只怕燕軍會集中火力對付黃大軍團。所以，屬下以為，不如趁著現在雙方僵持之時暫時休兵，先積蓄力量為上。」

「嗯，正合我意。黃大一個人在遼東單線作戰，我不太放心，我想讓你帶著兩萬海軍前去支援。你在那裏相機行事，是戰是和，由你掌握，只要能多從燕軍嘴裏搶出一塊肉來，就多搶一塊出來。休戰後，讓黃大駐守邊境，你帶小股兵力向東遠征。東邊有高句麗和扶餘，這兩個小國和燕軍經常發生戰爭，對鮮卑人也十分的痛恨，你要曉之以理，動之以情，務必讓高句麗和扶餘歸順我們，如果不願意歸順的話，就打到他們順服為止。」唐一明交代道。

柳震聽了，質疑道：「大王，東邊千溝萬壑，行軍不易，真的要征服高句麗和扶餘嗎？」

「嗯，東北蘊藏著大批的礦產資源，只要佔領整個東北，就可以在那裏建立一個兵工廠，黃大他們也就不用再靠這邊運送兵器和戰甲了。柳震，這次本王委派你當總理大臣，你帶上工匠和鐵匠，過去之後，要把那裏變成一個重工業基地。另外，我準備讓趙全、張亮、金勇和你同去，他們三人能夠成為你的得力助手，你和黃大一文一武，互相扶持，務必要在燕軍的虎口下開闢出一塊新的根據地出來。」唐一明語重心長地道。

柳震聽了，激動地說道：「大王如此器重屬下，屬下惶恐！」

「三韓之戰，你初立大功，此次你再次登陸，和黃大的軍隊合併，稱為東北野戰集團軍，由黃大任集團軍總司令，你擔任總參謀長，你們兩人好好的治理和開發東北。我同時任命你為漢國的使臣，燕軍如今需要休整，你代表漢國，想辦法和燕軍簽訂停戰協議，我想慕容恪一定是求之不得。」唐一明道。

柳震用力地點了點頭，握拳道：「柳震就是粉身碎骨也絕不會辜負大王的厚望。」

「呵呵，用不著你粉身碎骨，只要你帶領他們好好的將東北發展起來，我就心滿意足了。柳震，東北局勢就交給你和黃大了！」唐一明慎重地交代道。

柳震發誓道：「大王放心，柳震一定會好好的將東北發展起來。」

「嗯，等到中原局勢穩定後，我會浮海東渡，到時候希望能夠看到不一樣的東北。」唐一明憧憬地說道。

三個月後，天氣逐漸變冷，尤其是北方的大地上已經開始下起了雪。

寒冷的天氣裏，東北戰場上變得安靜了許多。自從柳震帶著兩萬海軍和三千工匠浮海東渡去遼東支援黃大，東北戰場的形勢就出現了逆轉。在黃大和柳震的積極配合下，水陸齊進，夾攻燕軍在遼東的軍隊，迫使遼東的燕軍逐漸後退。

當大雪飄下，東北的燕軍迎來慕容垂這一重量級的新統帥時，柳震主動提出議和，在確保戰爭成果的同時，又稍微威逼利誘，終於使燕軍和漢軍簽訂了三年的停戰協議。協議簽訂後，燕軍和漢軍都暫時休兵，柳震則派人將協議送回漢國國都廣固。

漢王府內，唐一明手捧著停戰協議，看完之後，臉上露出了滿意的笑容，對殿內站著的文武官員說道：

「柳震不愧是王猛第二，處理遼東局勢深得我心。三年的停戰協議不但使我們可以在東北和中原大有作為，也更加顯示了燕國的實力正在下降。你們都看看吧！」

唐一明將手中的文書遞給站在他身邊的一個侍衛，侍衛便將文書交給殿中的眾位官員傳閱。

唐一明開心地道：「以遼河為界，以東屬於我們漢國，以西屬於燕國，能從三韓之地打到遼東，這已經超出了我的預料之外了。如此一來，在東北，第二個漢國就能崛起了，三年之後，我漢國便能成為天下第一的大國。到那時候，北方諸國、塞外民族都得全部歸順我漢國。諸位，三年的和平期內，你們一定要好好努力，中原是你們大展拳腳的機會，運用你們的智謀和能力，好好的將中原建設好。」

王簡看完停戰協議，上前一步道：「大王，如今天下大勢盡皆掌握於我漢國之手，以漢軍的實力，足以摧毀任何一支軍隊，為天下蒼生計，也為漢國上上下下二百三十八萬百姓著想，懇請大王擇選良辰吉時，祭拜天地，榮登九五大位，以彰顯我大漢國威！」

所有官員聽後，都異口同聲地說道：「臣等附議！」

唐一明聽了，淡淡地笑道：「諸位的心思本王知道，只是，胡虜未滅，天下未定，如今正是四分五裂之時，此事暫且擱下吧。本王承諾各位，五年內，平滅北方諸國，橫掃六合，到那時，本王再即帝位不遲。今天召集各位來，還有一事需要商議。相國駐守宛、洛一帶，震懾西北諸蠻，秦國雖然剛復國，然佔據關中之地，尤為險要。我本來想發兵攻打秦國，誰知氐人不請自來，派遣使臣到了洛陽，請求歸附我漢國。就這件事，我想聽聽諸位的意見。」

王凱先發表意見說道：「大王，氐人佔據關中已久，在燕軍中原敗退之時，居然能夠迅速反攻復國，足可見氐人在關中民心。不過，秦國雖然復國，百廢待興，實力早已大不如前，以臣之見，秦國派遣使者前來，無非是害怕大王發兵攻打秦國，所以特來主動歸附，但是饒是如此，大王卻不能准其歸附。」

「哦，為什麼呢？」唐一明好奇問道。

王凱振聲道：「大王，氐人彪悍驍勇，能在潼關、長安兩地阻擊慕容恪的西征大軍長達五月之久，致使燕軍在擁有炸藥的情況下還損兵折將，足可見其實力。之前大王不發兵攻打關中，而是致力於中原發展，那是因為燕國還在北邊蠢蠢欲動，晉朝動向不明，然而此時，我軍與晉朝聯盟，與燕國停戰，此等機會下，中原之地只需少量軍隊鎮守便足可發展。

「關中是塊寶地，秦始皇以關中之地征服了關東六國，關中平原更是沃野千里，一旦大王同意秦國歸附，就等於給了氐人的發展契機，也等於增加了我大漢統一的阻力，所以臣以為，不可同意秦國歸附，反而該在這時候派兵攻擊秦國，以優勢兵力滅秦、掃涼，將西北之地盡數收入我大漢國中。」

唐一明疑慮道：「本王早已想過此事，兩年前，燕軍就是因為被我軍推動，進軍速度太快，從而滅了秦、涼、代三國，我擔心，如果此時發兵攻打秦國和涼國，而中原又未穩定，會步上燕軍後塵。」

孟鴻出班道：「大王，此一時彼一時。漢國非燕國，大王也非慕容俊，當時燕國強盛，秦國也夠強大，兩虎相爭必有一傷，而且關中在氐人的治理下安定了兩年，所以對外來的壓力都會群起而抵抗。此時關中歷經了兩次大劫，百姓流離失所，關中之民渴望能得到安定，而我大漢向來以仁義治國，為百姓著想，這些都是被人津津樂道的事。

「關中百姓一旦聽到我們漢軍到來，必然會歡欣鼓舞，熱烈歡迎。得民心者，得天下，大王是民心所向，青、徐、兗、豫、司隸等地均對大王忠心耿耿，民心固若磐石，正是大王的根本所在。有此根本，發兵攻打西北必勝！」

魏舉也附和道：「大王，如今關中尚未安定，臣以為，發兵攻打西北諸地，不出半年，關中、雍涼必能攻克，一旦我們佔領整個西北，便可以對燕國形成東、南、西三面包圍之勢，也可以鉗制燕軍向外擴張，限制燕軍的發展，這三年的穩定期後，我軍便可對燕國發動滅國之戰，整個北方也就成為我大漢的天下了。如此一來，我軍尚有兩年的時間去發展整個北方，穩定局勢，等到了與晉朝的五年盟約，大王就可以三路攻晉，必然能平定天下，一統山河，建立蓋世功勳！」

「哈哈哈，我大漢能夠有你們這些精英，足可平滅天下。我的顧慮已經打消了，來人，宣秦使上殿！」唐一明喊道。

百官聽後，各自歸位，不多時，從殿外進來一位四十歲左右的漢子，漢子方面大耳，輪廓粗獷，面帶青鬚，穿著一身勁裝，頗有男兒氣概。

漢子大踏步地走到大殿內，躬身拜道：「秦國使臣鄧羌，拜見漢王！」

「哦，原來他就是鄧羌，關中雙英，一相一將，如今丞相苻雄做了皇帝，鄧羌也該是位極人臣了，沒想到會親自為使來廣固！」唐一明心中想道。

「你就是鄧羌？關中雙英果然名不虛傳。」唐一明讚道。

鄧羌站直身子，朗聲道：「多謝漢王讚賞，在下不過是徒有虛名罷了。在下此次前來，其實是為了……」

「嗯，本王已經知道了，你是想來歸附我漢國的，是吧？」唐一明道。

鄧羌點點頭，道：「漢王英明，我主苻雄，願意去皇帝位，自稱秦公，歸附漢王，為漢王鎮守關中，以為永久屏障。」

「哈哈哈，主意倒是不錯。不過，本王如果要鎮守關中的話，自己去取便可以了，又何須用外人來守？你回去告訴你的皇帝，如果他能率眾歸降，本王絕不會虧待他。在廣固城中做個秦公，也未嘗不可。」唐一明道。

鄧羌遍覽大殿中的文武百官，見他們的表情，知道唐一明的意思，便道：「話不投機半句多，既然如此，那在下只能回去轉告我主。不過，關中關隘阻隔，易守難攻，漢王要想派兵攻打，也不是件易事。我國雖然歷經磨難，但是帶甲之士尚有數萬之眾，雖然不能保全關中，也絕對不會屈服於漢王的淫威之下。」

「你說這些話，難道就不怕本王一氣之下殺了你？」唐一明微怒道。

鄧羌毫不畏懼地道：「久聞漢王仁義治國，凡事以百姓為先，胸懷寬大，雖然在下是初次和漢王相見，但是對漢王仰慕已久。在下既然敢說這樣的話，也就沒有將生死放在心上，漢王要殺要剮，悉聽尊便，在下絕不眨一下眼睛。」

唐一明惜才地道：「哈哈，好骨氣。關中良將實在優秀。鄧將軍，你有將帥之才，曾經扼守潼關，將慕容恪的大軍阻擋在關外兩月有餘，可謂是真將才，留著你必有後患。本王是個愛才之人，也知道你心中只有秦國，一些小恩小惠收買不了你，殺了你也是可惜，本王希望他日我們在戰場上能一較高低，如果你敗了，不知道你是否願意為我所用，替我大漢守備疆域，開疆拓土？」

鄧羌聽唐一明如此問道，不禁開始打量起唐一明來，只見唐一

明穿著極為普通的衣服，沒有那種皇族貴胄的奢華，黝黑的皮膚，冷峻的面容，讓人見了會不由自主有一種望而生畏的感覺。

鄧羌心中暗道：「之前只聽漢王如何如何的神通廣大，本以為都是吹噓出來的，今日一見，才知漢王並非我心中所想。他心胸寬廣之極，實在是匪夷所思，雖然穿著普通，卻有皇帝般的威嚴，確實是個亂世英雄。」

他細細考量一番後，拱手答道：「漢王倒是瞭解在下，不過，尚未較量便論勝負，未免有點言之過早。漢王今日不殺鄧羌，鄧羌感激不盡，日後若是和漢軍交兵，必會退避三舍，以報漢王的不殺之恩。」

「好一個鄧羌，不畏強權，確實是一代名將。」唐一明讚嘆道：「哈哈，鄧將軍太過謙讓了。對了，我能向鄧將軍打聽一個人嗎？」

鄧羌點點頭，道：「漢王儘管問，只要是在下知道的，必定知無不言，然而如有牽涉到兩國機密之事，請恕在下不能相告。」

「你放心，我問的並非是機密之事。鄧將軍，不知道在秦國中，可有一個叫苻堅的人嗎？」唐一明問。

鄧羌聽了，大吃一驚道：「漢王是如何得知苻堅姓名的？」

「這個你不用操心，我只想向你瞭解一下他的情況，不知道你能否見告一二。」唐一明道。

鄧羌回道：「漢王，你想知道什麼？」

「本王想知道苻堅現在多大，可曾在秦國裏擔任什麼官職嗎？」唐一明問。

鄧羌暗道：「他是我國機密，很少有外人知道他的事，漢王又是如何得知？難道……難道他已經身在漢國？糟糕，如果真是如此，漢王若擒獲他，必然會以此要脅陛下的……」

唐一明見鄧羌半天不語，問道：「怎麼，難道連一個人的年齡都成了機密嗎？」

鄧羌回過神來，忙道：「漢王恕罪，在下唐突了。苻堅……今年十七歲。」

「十七歲？不知道他現在身在何處，要是本王能見上一見，和他攀談攀談，也就沒有憾事了。」唐一明自言自語地道。

鄧羌聽了，心中十分慌亂，太子苻堅走失一事，在秦國境內極為嚴密，就連苻堅身為太子之事也只有少數人知道。他只知道這次出使漢國，另外一個重要任務就是尋訪苻堅的下落。

他想弄清楚苻堅是否被唐一明抓住，便試探道：「大王似乎對苻堅極為推崇，不知道大王是怎麼認識苻堅的？」

唐一明道：「認識談不上，不過本王很早以前就知道他了。鄧將軍，你回到秦國後，記得幫我向他問好，讓他在關中等著，本王要親自抓住他。」

鄧羌聽了，心中才算安定，知道唐一明並沒有擒獲苻堅，只是他從關中一路走來，也沒有任何消息，苻堅就像人間蒸發了一樣，杳無音信。便回道：「漢王放心，漢王的話我一定帶到。不過，在下希望漢王能再考慮考慮我主的意思，一旦兵戎相見，只怕又有人死傷了。」

「本王也不想動刀兵，但是不動刀兵就不能使得天下太平，本王很堅決，如果貴國皇帝肯率領關中百姓、軍隊投降的話，本王必會給予優厚的待遇，如此，也不用再有人死傷了，不是嗎？」唐一明反問道。

鄧羌無法再說什麼，只好道：「這……漢王，在下耽誤漢王許多時間，還請漢王恕罪，我主還在關中苦等，在下就此告辭！」

唐一明道：「嗯，鄧將軍儘管放心走，沿途會有專人保護，直到將你送出漢境。」

「多謝漢王！」鄧羌道。

鄧羌轉身離去後，唐一明便下令道：「魏舉，詔令姚襄為征西將軍，劉三、李老四為副將，孟鴻為軍師，出兵五萬攻打秦國！」

魏舉急忙寫下詔書，然後讓唐一明蓋上印鑒，帶著詔書離開了大殿。

「孟鴻，這次征西，你要竭盡全力輔佐姚襄，務必要佔據關中，平滅秦國。現在雖然是隆冬，但是兵貴神速，趁鄧羌還沒有回去就發兵攻打，可以給秦國一記重擊。」唐一明吩咐道。

孟鴻點點頭，道：「臣遵命，定不會辜負漢王的厚望。」

「嗯，你現在就去洛陽，相國和姚襄他們都在那兒，你去了以後，替本王問候相國，帶去本王的謝意，就說他治理洛陽，本王十分的滿意。」唐一明又道：「好了，今天的會就到這裏吧，諸位都請回去各司其職！」

「恭送漢王！」百官喊道。

第七章

王子奸細

唐一明目光轉動，見苻堅目露紫氣，容貌英偉，
不像是個平凡的人，心中頓生疑竇，嘴裏默默地念道：
「竹人寸……竹人寸……哎呀！竹人寸不就是『苻』字嗎？
難道……難道他是秦國的奸細？」

陰霾的天空中紛紛揚揚飄落下來許多片段雪花，白色的雪花堆積起來，在地上形成厚厚的一層。樹幹被積雪壓彎了腰，廣固城外，一片不大的樹林中，在一棵歪脖子樹下，一個身形單薄的少年蜷縮著身體，靠著樹根，雙唇發紫，渾身發抖，似乎無法抵禦這股嚴寒。

少年年紀不大，也就十六七歲，頭髮、眉毛上都被籠上了一層白霜。

「啊嚏！」

少年不堪嚴寒，情不自禁地打了個噴嚏，帶動身體撞到樹根，使得樹上的積雪灑落下來，剛好結結實實地砸在他的頭上，積雪順著他的脖頸滲入了衣領裏。

「賊你媽！狗日的鬼天氣，你還下？想把額給凍死啊？」

少年一撅而起，伸手拍打著身上的積雪，操著一口西北秦腔大聲地罵道。

少年罵完後，將手塞進袖筒裏，向前走了幾步，看著面前的廣固城，心中嘀咕道：「額歷盡千辛萬苦，終於到了這裏，如果不進去探個究竟，豈不是白來一趟？」

想到這裏，少年便邁著僵硬的身子，跨開大步，朝廣固城裏走去。

少年算算距離廣固城應該沒有太遠了，他走出林子，踏上一條被清理乾淨的水泥路上。

踩在那又堅硬又平整的道路，心中十分的羨慕，不禁自語道：「怎麼這裏的道路都是如此的平坦、如此的寬闊？」

少年心中雖然充滿了疑問，卻也來不及細想，便邁著步子，順著水泥鋪就的大路繼續向前走去。

他走不到一里地，便聽見背後一聲馬匹的長嘶，回過頭，但見一個騎士揚起手中的馬鞭狠狠地抽在座下戰馬的臀部，戰馬疼痛難忍，向前猛竄，飛一般地從他身邊馳了過去。

他看到馬上騎士一點都不愛惜座下戰馬，不免心中來氣，暗罵道：「賊你媽！如此好的戰馬居然被你這樣糟蹋，實在是喪盡天良。」

那騎士一溜煙的工夫便馳入廣固城，城外空曠的原野上，只剩下他一個人在艱難地走著。

不足五里的距離，少年卻感覺自己走了好久，他的腳已經被凍得沒有知覺，麻木地做著機械般的動作。

寒風一吹，他的身子不禁打了個寒顫，接著打了四五個噴嚏，他用袖子抹了一下差點流進嘴裏的鼻涕，再伸出一根僵硬的手指，在鼻子上捏了捏，才算舒服了點。

少年蹣跚地進了廣固城，守在城門的漢軍士兵瞅了少年一眼，便將目光移開了，少年見衛兵沒有加以阻攔，暗自竊喜，便大搖大擺地進了城。

「這裏就是廣固城？」少年心中生起一絲迷惑，想不到這裏會如此的繁華。

「咕嚕咕嚕！」少年的肚子開始叫了起來，他從中原一路走來，經歷不少磨難，乾糧吃完，就靠捕捉野生的動物為食，能熬到這裏，也算是他的造化了。

他捂著肚子，看見一間酒樓，便情不自禁地走了過去。

還沒有靠近酒樓，便聞到一股酒香以及久違的飯香，還能夠感受到從酒樓裏散發出來的溫暖。他三步併作兩步來到酒樓門口。

酒樓裏客人並不是很多，只有十幾個人，少年的到來，引來酒樓裏的人注目，但轉瞬間各人便繼續自己的事，絲毫沒有引起任何風波。

酒保眼力十分好，看見那個少年，當即問道：「小哥，吃酒嗎？」

少年猶豫了一下，把手伸向懷中一探，使勁地摸了摸，臉上一喜，終於摸出一塊玉佩，用略顯生疏的洛陽口音說道：「我……我沒有錢，只有這個，可以嗎？」

酒保怔了一下，打量了一下少年，聽少年的口音並非齊魯一帶的人，又見少年穿著單薄，蓬頭垢面，身上還在不住地打著寒顫，便笑呵呵地說道：「小哥不是本地人吧，打哪裡來的啊？」

少年眼睛轉了一下，說道：「我……我從洛陽來。」

酒保聽了道：「洛陽？哦，夠遠的。小哥，你且進來吃酒，什麼錢不錢的，咱主人不在乎這一點，亂世中都是苦難人，大家應該互相幫助才對。大王曾經交代過，凡是外地來的，進入本城，均要以禮相待。小店酒菜還算是齊全，能填飽肚子，也能讓小哥暖暖身體。你這個玉佩看著很是名貴，應該是家傳之物，我可不能要你這東西。」

酒保微笑著，拉著少年的手，將少年帶到一張空桌子前，熱情地道：「小哥，你且坐下，看你凍得嘴唇發紫，想來遭了不少罪。這桌子靠近暖氣，能讓你暖暖身體。我這就去給你弄點酒菜，讓你填飽肚子。」

少年還沒來得及答謝，便見酒保轉身離開了。

少年頓時覺得漢國像是個與世隔絕的世外桃源，簡直是人間聖地。他不懂得什麼是暖氣，只看到靠近自己不足半米遠的地方上有一根大鐵管，熱氣就是從那根管子裏散發出來的，讓他覺得十分的溫暖。

他環顧四周，看了看店裏的擺設，聽見邊上一個斷腿的人在講著故事，故事內容大抵是漢王唐一明如何打敗燕軍的事。

不多時，酒保端上來熱騰騰的酒菜，將酒菜擺好後，便道：「小哥，你且慢吃，不夠的話，後廚還有！」

少年見酒保如此熱情，便道：「這位大哥，你對我真好。我有件事想問你，不知道你能不能告訴我？」

酒保友善地道：「小哥，你有什麼事儘管問吧，大家都是自己人，沒必要那麼客套。」

少年道：「我聽說大王在招募兵勇，我想問招募處離這裏有多遠，該怎麼走？」

酒保聽後，笑道：「呵呵，原來小哥是來應募兵勇的啊，看你這身板，倒像是個有力氣的，應該能夠通過。招募處在漢王府，由大王親自招募，不過，這次招募的兵勇不比以往，因為是大王要招募親衛軍，所以十分嚴格。如果你真的想去的話，出了酒樓，順著大路一直朝城裏走，走到路的盡頭，左拐走到頭，就可以看見募兵處了。」

少年點了點頭，露出一排整齊的牙齒，拱手道：「多謝大哥賜教！」

酒保擺擺手，道：「舉手之勞而已，有什麼好謝的。你要是真能被選上，記得說是我們酒樓推薦的。我們掌櫃的以前也是軍人，後來打仗的時候斷了腿，不能再上陣殺敵了，大王就給了我們掌櫃的一些錢財，於是他才開了這家酒樓。」

「哦，原來大王是如此的愛戴部下啊！」少年自言自語道。

酒保指著一旁圍坐著的一群人，道：「看見沒？這些都是曾經跟著大王打仗的士兵，退伍後，得到優厚的撫恤，平時沒事便喜歡湊在一起，聊聊當年的事。」

少年看看那些漢子，心中多出了一種敬仰。

「對了，小哥，你貴姓？」酒保突然問道。

少年急忙答道：「哦，我叫竹人寸！」

「竹人寸？真是奇怪的名字。好，竹兄弟，我記住你了，你要是入選，就回來通告一聲，到時候本酒樓再給小哥你準備一個接風洗塵的酒宴。」酒保道。

竹人寸雖然感到奇怪，但是面對酒保的熱情招待，他沒有理由拒絕，便點點頭。

酒保走後，竹人寸便敞開肚皮大吃了一頓，吃完，便在酒保的指引下，向著募兵處而去。

這次的募兵，是唐一明主動提出的，只選兩千名，擔任親衛軍。十天前，秦國使臣鄧羌前腳剛走，唐一明便秘令姚襄攻打秦國，同時發佈了徵兵令。

竹人寸並非是少年的真名，他的真名便叫苻堅，也是秦國的太子。兩個月前，苻堅偷偷地跑出秦國，一路向東，扮作普通的關中流民，隨著流民隊伍一起到了漢國境內的洛陽城。

可是他一進入洛陽，便感受到與眾不同的氣氛。出於好奇，他打聽了許多關於唐一明的事，覺得唐一明對他而言是個謎樣的人物，於是很想親自看看這個在短短三年間便崛起的漢國國主，便大著膽子，從洛陽向東，徒步走了上千里地，才到達廣固城。

一路上，苻堅看到不少美好的景象，富饒的土地，平整的大路，縱橫的河渠，無憂無慮的百姓，這些都讓他越發感到漢國的不可思議。

其實，他到漢國最主要的目的是為了偷取機密。幾年前，燕軍用漢國生產的炸藥滅掉秦國，這種先進的武器，秦國的人根本沒有見過，也無從對付。

面對強大的攻勢，在天水陷落之後，丞相苻雄、將軍鄧羌便帶著苻堅和所有秦國舊部隱藏了起來，一藏便是兩年。兩年後，雖然光復了秦國，但是面對漢國佔據中原的壓力，他便冒險而來，想摸清炸藥的生產方法。

經過兩年的躲藏生活，苻堅早已磨去皇族原有的那種貴族氣息，只要他不刻意暴露自己，一般人根本覺察不出來，這也是他能夠穿行漢境的最主要原因之一。

苻堅沿途聽聞唐一明的徵兵令，便想要是能夠應徵入伍，或許能夠打聽出一些炸藥還有大炮的製造秘方，於是按照酒保說的，來到了漢王府。

漢王府前，排成了人形長龍，一直延伸到巷子口。苻堅來得不巧，正好遇到午後人最多的時候，他看見前來應徵的漢子個個精壯，人高馬大，讓他顯得沒有太大的優勢。

苻堅也不管了，直接排在隊伍的最後面，剛站好，身後便又來了十幾個壯漢，他粗略地估計了一下，大約有兩百多人。

前來應募的人不斷增加，可是前面的兩百人卻進展緩慢，等了許久才挪動一點的苻堅略微有點不耐煩，拍了拍前面一個比他高出一個頭的大漢，客氣問道：

「這位大哥，請問應募都考些什麼項目啊？」

「力氣、箭術、武藝、騎術。」

「那麼多？」苻堅顯得很吃驚。

「多？你要知道，這次選拔的可是大王的親衛軍，大王以前從來沒有選拔過。如果不是強者中的強者，又怎麼會被選入親衛軍呢？幸虧這個時候是冬天，如果是夏天的話，只怕大王還會加上一項水性！」

苻堅「哦」了聲，心道：「多是多了點，可是這四樣我一樣都不差，應該能夠選上。還好是冬天，真若是考校起水性來，那我就不行了。」

許久，前面的人一個一個的出來，有的臉上帶著歡喜，有的則帶著沮喪，有的是懊惱，更有的垂頭喪氣，總之，每個出來的人，表情都不一樣。

傍晚時，終於輪到了苻堅。

漢王府門前的招募處那裏，坐著一個文士，低頭執著毛筆，將一張寫滿名字的紙張抽掉，重新換上了一張白紙，將紙張攤好後，便例行地問道：「姓名?!」

「竹人寸！」苻堅朗聲道。

「豬人寸？」文士好奇地抬起頭，眼睛打量了一下苻堅，見苻堅蓬頭垢面，長得沒有什麼胡人的特徵，便道：「還有姓豬的？老母豬的豬嗎？」

周圍的人暗暗地竊笑，那文士咳嗽了一聲，眾人便靜了下來。

「不是豬，是竹，竹子的竹，竹人寸！」苻堅解釋道。

文士詫異地道：「天下之大，無奇不有，還有姓竹子的。年齡？」

「十七！」苻堅答道。

「哪裡人士？」文士繼續問。

「洛陽人。」苻堅違心地道。

「進去！下一個！」文士喊道。

站在文士身後一個身著軍裝的士兵衝苻堅喊道：「跟我來！」

苻堅暗自慶幸過了第一關，跟著那個士兵進了漢王府。

漢王府外觀很漂亮，可是進去之後，卻感到十分荒涼，因為沒有太多的雜役，讓偌大的漢王府顯得有些蕭條。

士兵將苻堅帶到王府中的一個廣場上，然後徑直走到前面，向身著勁裝的陶豹道：「陶軍長，竹人寸帶到！」

陶豹聽到，輕輕地「嗯」了聲，看著身體較其他人略顯單薄的苻堅，笑了笑，指著不遠的一塊大石頭道：「將這石頭舉起來！」

苻堅看了看地上的那方大石，少說也有三百來斤重，他走過去，蹲下身子，雙臂張開，大喝一聲，便將三百來斤重的石頭舉過了頭頂。

陶豹起初並不看好苻堅，但見他輕而易舉地將那塊大石頭給舉了起來，顯得有些吃驚，不禁鼓掌讚道：「好樣的！帶他去試試弓箭！」

那個帶著苻堅來的士兵便對苻堅說道：「還舉著啊？不覺得累？放回去原地，去射箭！」

苻堅平穩地將那塊大石放回地上，沒有發出任何聲響，然後跟著那個士兵朝前走。

士兵帶苻堅來到了一個不大的園子，園子裏有一塊空著的場地，場地的一邊擺放著幾個靶子，周圍站著一個將軍和兩個士兵。

「將軍，這人叫竹人寸，剛剛輕而易舉就舉起了那方巨石。」士兵走到那個將軍的面前，恭聲說道。

那將軍便是宇文通，箭術通神，被唐一明派來指導箭術。只見他看了看苻堅，見苻堅身上髒兮兮的，便道：「竹人寸？倒是個奇怪的名字，既然你能舉起那方大石，也算通過一關了，如果你能射中靶心，第二關就算通過，如果射不中的話，就只能分配到其他軍營去了，而入不了大王的親衛軍，懂了嗎？」

苻堅一進園子，便注意到宇文通，因為他的相貌與漢人不同，皮膚白皙，鼻梁高挺，還有紮起的兩根小辮子，十分明顯是胡人打扮。

在他看來，漢國一直在打壓胡人，可是見到宇文通居然當上了將軍，不免有點詫異。

他聽到宇文通的話，便輕輕地點了點頭，道：「懂了！」

「接弓！」宇文通隨手將自己手中的一張大角弓給拋了過去，並且說道：「你能舉起那方巨石，就一定能拉開這張弓，只是，射箭看似簡單，其中卻有很多奧秘，並不是一朝一夕能夠練成的。看你的樣子似乎沒有當過兵，你不妨試試，如果能僥倖射中靶上，我就讓你通過，以後再加以歷練，也能成為一個好的弓手。」

苻堅嘴角淡淡一揚，說道：「多謝將軍美意！」

士兵從一邊遞來一支箭矢，他當即拉開弓弦，將箭矢扣在弓弦上，站在白線外，瞄準前方的箭靶。

但聽一聲弦響，箭矢便劃破長空，向著箭靶飛馳而去。

「錚！」地一聲，箭矢正中靶心。

「好！真看不出來，你居然有這份能耐！你是這幾天來射箭射得最漂亮的一個，你……你以前是幹什麼的？」宇文通歡喜之餘，不禁問道。

苻堅謊稱：「我是獵戶，經常上山打獵，所以才能射中靶心！」

「你這小子，就衝你這箭術，大王面前我要定你啦！」宇文通走到苻堅的身邊，重重地在他肩膀上拍了一下，然後一臉喜悅地對旁邊的士兵說道：「帶他去下一個場地！」

士兵便道：「竹人寸，跟我來！」

到了第二個園子，苻堅看到一個很大的空地，在空地的西北角有著一個馬廄，馬廄裏有十幾匹駿馬，周圍放著各種兵器，有幾個士兵看守著。

馬廄對面是一個亭子，亭子裏，唐一明端坐在太師椅上，唐一明的身後則站著兩個人，一個是孫虎，另一個是趙乾。

士兵一進入園子，便顯得很是緊張，低下頭，小聲對苻堅說道：「竹人寸，頭低下，大王就坐在亭子裏，這是最後一關，你要是能通過這關，大王的親衛軍，你就做定了！」

苻堅點點頭，用眼睛的餘光看了眼坐在亭子裏的唐一明，見唐一明皮膚黝黑，頭髮只有幾寸長，雙目炯炯有神地注視著他。他不敢多望，只匆匆地一掃便低下了頭，隱隱感覺到唐一明的目光在自己身上灼燒。

他匆匆一瞥，對唐一明已經有了大致的印象，心中想道：「原來唐一明竟是個受過髡刑的囚徒！一個囚徒居然能擁有如此大的能耐，真是匪夷所思。」

士兵帶著苻堅走到亭子下面，敬了個軍禮，欠身說道：「大王，這人叫竹人寸，前面兩關都順利通過，陶軍長和宇文將軍對他讚不絕口！」

唐一明見苻堅相貌端正，眼睛裏略微呈現淡紫色的光芒，不覺多打量了他一番。

苻堅趕忙行跪拜之禮，道：「草民竹人寸，拜見大王。」

唐一明聽苻堅操著一口不是很流利的洛陽口音，還夾帶著關中一帶的味道，不免多心起來。

他從座椅上站了起來，走下亭子，來到苻堅面前，將苻堅給扶了起來，和善地問道：「聽你的口音，倒似關中秦地一帶，你可是來自關中嗎？」

苻堅心中一驚，他在關中住得久了，鄉音難改，不免會讓人聽出來。他便也不再隱瞞，當即朗聲道：「啟稟大王，草民確實來自關中，與數萬百姓一起向東歸漢。草民聽聞大王的盛名，早想一睹大王風采，便輾轉來到這裏；又聽說大王在招親衛軍，所以不自量力前來應募。」

唐一明聽苻堅對答如流，不似一般升斗小民，便道：「竹人寸？這名字倒很奇怪，你是氐人？」

苻堅從容不迫地答道：「不，草民祖上都是晉人，落難關中而已。」

唐一明聽了道：「氐人也無妨，在漢國境內，羌人、鮮卑人、晉人都有，皆統稱為漢人，從關中來的流民中也有一部分氐人，本王從不歧視胡人，只要能與本王齊心，都是我大漢的子民。」

苻堅趕忙欠身拜道：「大王英明神武，心胸開闊，必能成就不凡大業！」

「多謝你的吉言。竹人寸，這是最後一關，武藝和騎術的考驗。本王身後兩個將軍是我大漢首屈一指的騎將，你要是能勝過其中一個，便算通過，就能留在本王身邊，當個親衛軍的衛隊長。」唐一明道。

衛隊長是多大的官，苻堅並不知道，但是他知道，衛隊長肯定是個官。他不敢直視唐一明，但是從唐一明的話語中可以聽得出來，他已經默許他進入親衛軍了。

他抬起頭，避過唐一明的目光，看了眼唐一明身後的孫虎和趙乾，道：「大王，隨便挑一個打嗎？」

唐一明點點頭，道：「嗯，隨便挑一個，不過，本王建議你挑左邊的那個。」

苻堅見站在左邊的孫虎顯得有點單薄，年紀尚輕，又側頭看了看右邊的趙乾，趙乾身上有一股罡氣，便指著趙乾說道：「大王，我和他打！」

唐一明看了以後，訝異地道：「竹人寸，你倒是很會挑，容易的不選，選難的。好，趙乾，你就去和竹人寸比試比試，記得手下留情。」

趙乾應聲走到馬廄那邊，選了一匹馬，拿起一桿長槍，翻身上馬，策馬來到場地中央。

苻堅也選了一匹馬，同樣選了把長槍，對趙乾拱手道：「將軍，請！」

趙乾微微一笑，道：「竹人寸，小心嘍！」

空曠的場地上，雙槍並舉，兩馬嘶鳴，趙乾和苻堅開始相鬥，立即發出叮叮噹噹兵器碰撞的聲音。

唐一明站在一旁，看得仔細，對孫虎評論道：「這個叫竹人寸的倒是武功不弱，一上來便逼著趙乾無法還手，功力應該不在你之下，難怪會選趙乾而不選你呢。」

孫虎沮喪地道：「大王，我的武功也不弱，保護大王足夠了。上陣衝殺的事，交給豹哥就可以了，如果豹哥在這裏，竹人寸恐怕在他手下走不了十個回合！」

「呵呵，陶豹是個例外，所以我沒有讓他在最後一關。不過，竹人寸倒是個奇怪的人，穿著十分破爛，但是談吐卻很文雅，和趙乾比試起來，又顯得很是勇猛，真是個少有的人才。竹人寸，真是個奇怪的名字。」唐一明扭過頭，對領苻堅來的士兵道：「竹人寸的箭術怎麼樣？」

士兵答道：「啟稟大王，一箭中靶。」

「哦，力氣大，箭術好，騎術和武藝也不差，當真是個全才！

他是哪裡人？多大了？」唐一明一邊誇著苻堅，一邊又問。

士兵答：「報名的時候說是十七歲，洛陽人。」

「洛陽人？不對啊，他剛才說自己是關中人，怎麼一下子成了洛陽人了？」孫虎聽後，懷疑道。

唐一明目光轉動，見苻堅目露紫氣，容貌英偉，不像是個平凡的人，心中頓生疑竇，嘴裏默默地念道：

「竹人寸……竹人寸……哎呀！竹人寸不就是『苻』字嗎？難道……難道他是秦國的奸細？」

孫虎聽見，臉上變色，立即對唐一明道：「大王在此稍候，我去把這個奸細給抓過來！」

未等唐一明發話，孫虎便跑了出去，策馬飛奔叫道：「趙乾！快拿下奸細！」

只這十幾個回合，趙乾便感受到苻堅不是一般的人物，聽到孫虎大喊，手中的槍便開始使出真招，左突右刺，變得十分凌厲。

苻堅也聽到了孫虎的喊叫聲，不知道自己是哪裡露出了馬腳，心中一驚，暗道：「糟糕，被發現了！」

他見趙乾使出殺招，而且攻勢較之前猛烈，一時無法脫身，正發愁間，背後的孫虎一戟便揮了過來。他急忙將長槍背在後面，擋住孫虎的一戟，手便感到微微的酸麻，苦笑一聲，卻無法從趙乾和孫虎兩人的夾攻中脫身而出。

唐一明在一旁看到，他對這個叫竹人寸的很有好感，生怕趙乾和孫虎傷害了他，便大聲喊道：「切莫傷害了他，要抓活的！」

有了唐一明的話，趙乾和孫虎兩個人就有了顧忌，不敢痛下殺手，三人酣鬥不已。

第八章

露出馬腳

唐一明道：「小夥子，你的身手不賴，我很喜歡。我問你，你是不是姓苻？」

苻堅嚷道：「是又怎樣？」

「呵呵，虧你想得出來，居然把姓氏分開當名字用，不過百密而一疏，你還是露出了一點馬腳。」唐一明道。

又過了五個回合，苻堅擋住孫虎的攻擊，卻不期趙乾用槍桿掃來，不小心吃了一記重擊，直接被掃落馬下，還來不及翻身爬起，便見一槍一戟頂住了他的喉頭。一旁的士兵見了，急忙帶著繩索過來將苻堅五花大綁，押到唐一明的面前。

「勝之不武！」苻堅突然操起道地的秦腔大喊道。

唐一明和藹地道：「小夥子，你的身手不賴，我很喜歡。不過，為了搞清楚你的身分，不得不如此。我問你，你是不是姓苻？」

苻堅嚷道：「是又怎樣？」

「呵呵，虧你想得出來，居然把姓氏分開當名字用，不過百密而一疏，你還是露出了一點馬腳。」唐一明道。

苻堅想了想，並未發現自己有任何不對的地方，反駁道：「我哪裡露出了馬腳？」

「你報名的時候說自己是洛陽人，可是我問你時，你卻說自己是關中人，這不是不打自招嗎？起初我還不在意，可是你這麼優秀的人，實在是太惹人注意了，我不得不對你多提防點。」唐一明道。

苻堅忙辯解道：「我是關中人，也是洛陽人，大王曾經發下王令，凡是從關中逃出來的百姓，到了漢國，進了洛陽，都可以就地入籍，所以我是洛陽人，這有什麼錯嗎？」

「呵呵，這倒是沒有什麼錯。不過，一個普通的百姓怎麼會有如此珍貴的玉佩？」唐一明舉起手中一塊圓形玉佩，質問道。

那玉佩晶瑩剔透，當屬玉中上品。苻堅見了，臉上一怔，詫異萬分地道：「這玉佩……怎麼會在你的手上？」

唐一明道：「你第一次叩拜我的時候不小心落在地上的，我悄悄地用腳踩住了，所以你沒發現。怎麼樣？你要是承認自己是奸細，我便不予追究。苻姓可是秦國皇族的姓氏，你既然姓苻，必然是皇族中的一員，我聽說秦國皇族在兩年前盡皆被殺，只有丞相苻雄一脈僥倖脫逃，而我也聽說，苻雄有個十七歲的兒子，叫苻堅，你剛好十七歲，實在不能不讓人懷疑啊！」

「你……你怎麼知道？」苻堅驚道。

唐一明露出莫測高深的表情道：「前幾天，貴國使臣鄧羌來過廣固，我向他打聽過苻堅的事，所以知道。」

「鄧羌？鄧羌他怎麼敢……不對！你這是在誆騙我！」苻堅不禁叫道。

唐一明呵呵笑道：「你承不承認已經不重要了，因為我敢肯定，你就是苻堅！」

苻堅見唐一明雙目灼灼，似乎能夠將他看透一樣，讓他心底覺得有一種莫名的畏懼。

「真沒想到咱們會以這種方式見面。苻堅，你知道嗎，本王從一開始就知道你，在關注著你，所以對你的一切很瞭解。不過，這樣見面的方式也好，抓住你，就等於將半個秦國握在了手裏。」唐一明道。

苻堅道：「你……你要將我當人質，要脅秦國？」

「你可是秦國當今皇帝的兒子，你的父皇又很疼愛你，加上你文武雙全，自然是下個皇位的繼承人。只是我並不打算用你當人質，因為漢國的大軍此時已經在西征的途中，用不了多久，你們剛剛光復的秦國將會再一次滅亡，從此消失在整個大地上。」唐一明發出豪語道。

「什麼？漢軍開始攻打關中了？你……你竟然不宣而戰？」苻堅指責道。

唐一明呵呵笑道：「我壓根就沒把關中看成一個國家，從燕軍退到黃河以北時，我就將關中和涼州等地都看成我漢國的疆土，只是暫時先讓你們在那邊撲騰幾下而已，所以，根本沒有所謂的宣戰一說！」

「漢王果然雄才大略，今日一見，才知為什麼你一個受過髡刑的囚徒能夠成為一方霸主。既然被你擒住了，我也無怨無悔，你要殺便殺，要剮便剮！」苻堅很有骨氣地說。

「殺了你豈不是很可惜？你放心，你想死，我還偏不讓你死，我要把你留在廣固城內，讓你看著我的軍隊是怎麼樣一步一步統一天下的，我要讓你見識見識，漢人並不是你們胡人能夠隨意欺負的，也讓你看看我又是怎麼樣對待你們各族胡人的！」唐一明恨聲說道。

苻堅反問道：「你難道就不怕養虎為患嗎？」

「怕的話，我就不會留著你了。我問你，你好好的秦國太子不當，為什麼會跑到漢國裏來？」唐一明不解地問道。

苻堅嘆道：「事已至此，我也沒有什麼好隱瞞的了。我秘密潛入漢國，就是為了偷學你們的武器製造方法，將其帶回關中，好自己加以製造，就能夠興盛我們秦國！」

「哼，還挺好學的嘛。不過，這些東西你學到了多少？」唐一明道。

苻堅憾恨地道：「一點都沒有學到。我以為炸藥很厲害，可是到了漢國，才知道還有一個叫大炮的東西，可是我到現在連個影子都沒有見到，又談何去學呢？」

「苻堅現在還是個少年，如果我能感化他，留在身邊，也許能夠讓他為我所用，只要滅秦時不殺他的親戚，應該不會惹他反感。」唐一明心中不禁想道。

「你來漢國多久了？」唐一明問。

苻堅答：「不久，才兩個月而已。」

「那你對我們漢國的印象如何？」唐一明又問。

「說實話，漢國是我所見過最奇怪的國家，齊魯大地上，到處都是一派欣欣向榮的景象。作為漢王的敵人，我不得不承認，漢王確實是亂世豪傑！甚至對漢王心生崇敬，希望就此住在漢國！」苻堅誇讚道。

唐一明聽了笑道：「你放心，滅秦時，我的軍隊不會屠殺無辜百姓，也不會殺你的親人。秦國滅了之後，我會好好安頓你們苻氏一族，也包括你。」

苻堅聽了唐一明的話，不禁感到一種極大的危機，心想：「但願鄧羌能夠挑起大梁，擊敗來犯之敵，這樣的話，漢王就會親征，他一定會帶著我以此要脅秦國，我或許還有可能回到關中。」

「大王，該怎麼處置他？」孫虎問。

唐一明下令道：「苻堅是個人才，暫時關押起來，他若是願意投降的話，就來告訴我；不願意投降，就一直關著他，直到他投降為止！」

苻堅冷哼道：「我雖然敬仰你，可是要我投降，門都沒有！」

唐一明擺擺手，道：「帶下去！」

孫虎便和兩個士兵押著苻堅離開了。

唐一明看到苻堅離開的背影，嘆了口氣，道：「但願我的兒子以後都如苻堅一樣有出息，能夠成為一代帝王，那麼我辛辛苦苦打下來的江山也就後繼有人了。」

巍峨關中，八百里秦川，四方關隘阻斷其路，潼關正好卡在西進的道路上，成為一個極為重要的關隘，它是秦國都城長安的門戶，也是連接西北、華北、中原的咽喉要道。

潼關外的谷地上屍體成堆，血流成河，到處都是斷裂的肢體，關城已經破碎不堪，在漢軍強烈的炮火打擊下成為斷壁殘垣。

城樓不在，斷壁後面卻藏著穿著土色軍裝的秦兵，傷兵靠在城牆的一邊休息，卻掩飾不住此地的悲壯和淒涼。

鄧羌身披鎧甲，頭戴鋼盔，目光掃視著關外的蒼茫大地。他的眼睛緊緊盯著一座和潼關相距二十多里的山頭，那座山頭的後面，便是漢軍的大營所在。

半個月前，他在出使漢國的歸途中意外得知了漢軍出兵的消

息，便馬不停蹄，抄小道返回潼關，積極佈防，這才擋住漢軍突如其來的第一波攻擊。

只是，緊守關隘的代價實在太過巨大，在漢軍猛烈的炮火下，五千秦兵頃刻間化為齏粉，將關外的雪地染成一片血色。

風雪交加，從前方的谷地上發出呼呼的嘯聲，拍打在人的臉上，隱隱生疼。

一個年輕的將領從遠處走了過來，來到鄧羌身邊，拱手道：「父親，傷兵都已經安置好了。」

「嗯，翼兒，傳令三軍，退守長安。」鄧羌淡淡說道。

這年輕的將領便是鄧羌的兒子，叫鄧翼。他聽到鄧羌不經意的一句話，便急忙說道：「父親，你說什麼？退軍？潼關是長安門戶，是整個大秦的命脈所在，咱們身後還有兩萬大軍，足可再堅守數月之久。關城雖破，士兵猶在，這裏地形複雜，不易大軍展開，只要我們……」

「少廢話，我是大將軍，我讓你做什麼就做什麼，再敢多言，以違抗軍令處置！」鄧羌冷冷說道。

鄧翼重重地嘆了口氣，抱拳道：「諾，屬下謹遵大將軍軍令！」說完，便頭也不回地轉身走了。

不多時，有幾個身穿鎧甲的將軍急急忙忙地走了過來，向鄧羌抱拳道：「末將等參見大將軍！」

鄧羌轉過身子，見幾位將軍分別是雷弱兒、魚遵、梁楞、梁安、辛勞、呂光，便顯得有些生氣地說道：「都到齊了？看鄧翼辦的好事！」

「大將軍，此事與少將軍無關，是少將軍傳達大將軍的命令時，我等不解，所以前來問個究竟！」

說話這人便是呂光，年紀不過十七八歲，卻是身體極為強壯的一個漢子，臉上蓄滿了虬髯，與他的年紀極為不符。

呂光，字世明，是秦國司隸校尉，也是秦國太子苻堅自小就認識的好友，作戰勇猛，頗有智謀，現任秦國鷹揚將軍。

鄧羌環視了一下眾將，問道：「你們都是一樣的意見嗎？」

眾將都點點頭，道：「大將軍，我等都主張堅守，人在關在，人亡關破！」

鄧羌讚道：「不愧是我秦國的良將，不過，潼關殘破，已無法久守，就算守下去，也只能淪為漢軍的炮灰，不如以退為進，誘敵深入，以優勢兵力將漢軍合圍，聚而殲之。」

眾人聽後，都面面相覷，道：「大將軍已經有了破敵之策？」

鄧羌點點頭，道：「漢軍鋒芒正盛，潼關附近雖然可以與之進行血戰，卻不利於騎兵展開。八百里秦川，只要將漢軍引入關中平原，加上長安城的優勢兵力，大家同仇敵愾，以兩萬騎兵足可擊敗漢軍。漢軍的領兵大將是姚襄，這個死老羌，他老爹與我們爭奪關中之時就沒有成功，現在他既然親自到來，以我們的騎兵對付這些羌騎綽綽有餘。加之漢軍炮火厲害，秦川地勢險要，正好可以阻止漢國炮兵的前行。我們與羌人有仇，姚襄一見我們撤退，必定會緊緊追擊，如此一來，漢軍就會一分為二，我們也可以設伏擊殺姚襄！」

眾人聽後，齊聲拜道：「大將軍高見！」

「好了，不要再猶豫了，火速撤軍。梁安，你帶兩千人負責誘敵，務必要讓姚襄軍隊成功脫離山地，進入關中平原！」鄧羌道。

「諾！」梁安答道。

潼關外二十多里的山崖後，漢軍的營地遍佈山地，連綿出七八里地。前部軍營中，是漢軍羌騎的大營，姚襄和羌騎部下聚在大帳中，正在慶祝白天的勝利。

忽然，一個偵察兵闖進大帳，向姚襄敬禮說道：「報告將軍，氐人不敵我軍攻勢，已經秘密撤軍，現在的潼關內，只有兩千秦兵駐守！」

姚襄一聽，臉上大喜，猛然站了起來，將手中舉著的酒杯狠狠地摔在地上，罵道：「這些氐族的賊人終於退走了。姚益、姚勉、姚華，迅速召集各部連夜追擊，千萬不能放走我們的仇人！」

「等等！軍長，秦軍退兵如此迅速，只怕事有蹊蹺，如此貿然追擊，只怕會中了敵人的埋伏。」孟鴻急忙阻止道。

「白天的炮火猛攻，早已讓潼關破舊不堪，氐人也早已嚇破了膽，不連夜退走，還坐以待斃嗎？鄧羌是我的大仇人，如果他退回長安城，只怕要抓住他還要再費些工夫。此次是個良機，如果不將他擒殺，我又怎麼對得起死去的老爹？孟軍師，你太過多慮了，你留守大營，看我老羌如何破敵！」姚襄說完，便大踏步跨了出去。

「姚軍長，姚軍長……」

無論孟鴻怎麼在後面叫喊，姚襄都置之不理，其餘羌騎將領也都紛紛離座。

姚襄因為被仇恨蒙蔽了眼睛，報仇心切，當即帶著兩萬羌族純騎兵連夜出營，直逼潼關城下。

五年前，羌族首領姚弋仲趁著後趙帝國的動亂率領族人西進，在關中和氐族首領苻洪展開了爭奪。結果姚弋仲沒有爭過苻洪，反而被鄧羌刺中一槍，不得不退走，向南依附晉朝。不久後，姚弋仲傷重不治，便一命嗚呼。姚襄統領羌族後，便將鄧羌列為頭號大敵，今日得到鄧羌潰敗，撤軍西退的消息，哪裡肯就此放過?!

萬馬奔騰，聲音如雷，陣陣馬蹄聲在山谷中響起，漸漸逼近了殘破的潼關。

秦將梁安站在城樓上，看到姚襄帶著大軍奔馳而來，臉上露出了笑容，淡淡說道：「大將軍猜測得一點都沒有錯，姚襄果然帶兵來了。」

梁安轉過身子，急忙下了城牆，對早已集結在一起的兩千騎兵喊道：「都給我聽好了，這次撤退弄得越狼狽越好，將那些用不著的東西全部給我丟了，除了武器和盔甲，什麼都不許帶，都給我大聲地叫喊起來，要表現出慌張的樣子來。」

「諾！」兩千騎兵同時喊道。

姚襄帶著兩萬騎兵綿延出十幾里地，他和姚益在前，姚勉在中間，姚華在後面，急速地向潼關駛來。

接近潼關時，姚襄看到關內火光沖天，關內嗚咽聲震天，便大喜道：「氐人要焚燒潼關以斷其路，孩兒們，都跟著我衝過去，立功就在今天！」

隨著姚襄的一聲叫喊，他一馬當先，持著長槍，背著彎弓率先衝出，姚益和騎兵緊隨其後。

從殘破的潼關城牆裂開的縫隙中，姚襄當先馳入關城，看見一片狼藉，耳邊聽到氐人士兵大叫「快撤，那些爛羌人來了」，仇恨之心大起，立時肆無忌憚地衝了過去，身後的騎兵也如同流水一般，從城牆縫隙中馳入，跟隨著姚襄向前奔馳。

姚襄馬快，向前奔出幾里，遇到一些還在焚燒房屋的氐人，長槍一出，當先挑死那幾個氐人，然後順著關城緊緊跟隨著氐人撤退的路線而去。

梁安帶著誘敵之軍，且戰且退，沿途利用關隘阻擊，使姚襄對氐人潰軍深信不疑。

經過兩天一夜的追擊，姚襄帶著一萬九千多羌騎馳入山地，直抵渭南。渭南是八百里秦川最為寬闊的地帶，地勢也較為平坦，沒有太多的山川險要。

長途奔襲了兩天一夜，姚襄只覺得自己一直被氐人牽著鼻子走，追來追去，卻發現自始至終只見到這少數的氐人騎兵，卻未看見秦軍大部隊，心中生起疑惑，便命令疲憊的大軍暫時停下，派出哨騎向四周打探，他們則暫時聚集在渭水之南的一個荒涼的小村落裏。

冬日飄雪，風雪交加的天氣讓疲憊不堪的羌騎都感到又冷又餓。羌騎出來時帶著的乾糧早已吃完了，為了抵禦饑餓，姚襄便派出三千人到遠在十里之外的山上打獵，將大軍都留在村莊裏。

傍晚時分，三千人的狩獵隊伍帶著野豬、野兔、野雞回來了，在村莊裏生起篝火，美美地吃上了一頓飽餐。

入夜後，外出的哨騎還沒有歸來，羌騎便已經抵不住夜的誘惑，紛紛蜷縮著身體，或在屋子裏或靠著牆壁呼呼睡著了。

姚襄命人在四周放哨，自己則和親隨們躺在一間屋子裏，升起篝火準備睡覺。

他剛閉上眼，便聽到一陣嗚咽的號角聲從四面八方襲來。緊接著，萬馬奔騰，喊聲震天。他一躍而起，急忙走出屋子，看到村莊周圍到處都是火光，好不耀眼。

「將軍，我們中了氐人的埋伏！」

從村外突然馳回一個哨騎，正是白天派出去的，他的背上還插著幾支箭矢，從馬背上摔了下來，他努力地爬到姚襄身邊，用盡最後一點力氣悲鳴道。

姚襄還來不及開口，那個哨騎便斷了氣，身體僵硬，躺在雪地上。就在這時，四周傳來慘叫聲，風聲中夾雜著兵器交接的聲音，氐人已經開始進攻了。

「上馬，迎敵！」姚襄看到驚慌失措的羌騎，大聲喊道。

他操起一桿長槍，急忙翻身上馬，在村莊裏往來衝突，大聲呼喊，把熟睡中的羌兵驚醒，然後來到村外，看到他的老哥姚益正帶著一撥士兵力戰氐人，其他地方則是一片混亂。

「休要走了姚襄，全殲羌人！」

黑夜中，姚襄無法辨別氐人到底來了多少，只見火把不斷地晃動，向著村裏逼近。

看到族人不斷的戰死，姚襄心如刀割，也悔恨自己當初沒有聽孟鴻的話。可是，一切為時已晚，現在他要做的，就是帶著羌人殺開一條血路，逃回潼關。因為他這次所帶的羌騎，是整個羌族的精銳。

姚襄抖擻了一下精神，向身後的騎兵喊道：「衝出去！」

喊完，便騎著戰馬綽槍而出，帶著身後的羌騎和氐人的騎兵碰撞在一起。

羌騎被折騰兩天一夜，奔襲了一兩百里，疲憊不說，就是座下戰馬也都不堪重負，與氐人混戰沒多久便人亡馬倒。

一個多時辰的混戰，羌騎死傷頗多，被氐人養精蓄銳的騎兵團團包圍，無法衝出重圍。

「殺！」

姚襄手中長槍連連抖動，與老哥姚益並肩作戰，雙槍並舉，殺得氐人紛紛墜馬。

將是兵膽，姚襄、姚益都是羌族裏較為勇猛的人物，兩人雙槍齊出，後面部眾跟隨，很快便在東南角殺開一條血路。

遠處的火光中，鄧羌騎在馬背上，看到東南角姚襄帶兵衝了出來，便將手一揮，身後的大將雷弱兒、呂光一起衝出，帶著兩千騎兵堵截姚襄。

慌亂間，姚襄、姚益看到迎面駛來秦兵，互相對視了一眼，便一人領著一隊，迅速分成兩列，迎著來犯秦兵馳去，然後迂迴到兩翼，形成夾擊之勢。

呂光見後，大叫不好，急忙對雷弱兒說道：「將軍，羌人欲行夾擊之勢，你我分開迎敵，且莫走了一人一騎！」

雷弱兒喊道：「世明老弟，姚襄歸我，姚益歸你。」

「不行，姚襄歸我，姚益歸你！」

呂光大叫著，用手中長槍的槍頭朝座下戰馬的屁股上刺了一下，馬匹發出一聲長嘶，忍著疼痛，發瘋一般向前奔去。

「算你狠！」雷弱兒見呂光先行一步，追之不及，也就作罷，恨恨地說道。

呂光拍馬直取姚襄，手中長槍抖動，與姚襄交馬只一合，所用的力度便險些將姚襄手中兵器震掉。

姚襄雙手微微發麻，看到一個虯髯大漢從自己身邊馳過，心中暗道：「好大的力氣！」

羌騎和秦兵一陣衝殺，各有死傷，姚襄連殺三人，身後卻損失上百人，不能不暗嘆氐人的勇猛。

右邊姚益與雷弱兒策馬相交，一槍一矛轉瞬即逝，帶著身後的羌騎從氐人中間穿梭而過，落馬人數不斷增加。

姚益這一陣衝殺損失了一百多人，而氐人卻只損失三十多人。他將部隊帶到姚襄身邊，合兵一處，大聲喊道：

「這樣下去不行，我軍經過了兩天一夜的長途跋涉，士兵的體力嚴重消耗，又被突如其來的氐人弄得一片混亂，只怕我老羌今日就要命喪於此了！」

「胡說八道，就算死，也要斬殺氐人一兩員大將。隨我來！」姚襄大叫道。

聲音落下，姚襄不和呂光、雷弱兒的士兵硬拼，反而掉頭就走，圍繞著村莊奔馳，見到氐人就殺，反而解救出不少羌騎，呂光、雷弱兒在背後緊緊跟隨。

鄧羌縱觀全局，見姚襄在混亂中風采不減，感嘆道：「姚襄果然是個將才，雖然深陷大軍包圍，卻仍能臨機制敵，此人不死，我氐人勢必要遭受滅頂之災！」

「大將軍，我去將他殺了！」鄧羌身後一個壯漢自告奮勇道。

鄧羌扭頭看見是張蠔，便道：「好，你自從降秦以來，還未立過寸功，今天若是能夠擊戰姚襄，我定然升你為虎威將軍！」

張蠔長得五大三粗的，三十多歲的臉上卻沒有一點鬍鬚，說話的聲音讓人聽了也是極為的不舒服。他本姓弓，上黨泫氏（今山西高平）人，春秋魯叔弓之後。張平養子，燕軍在中原敗退後，張平在關中反燕，獨樹一幟，氐人光復秦國，與張平激戰，並且一舉擊敗張平，收降了張蠔。

張蠔力大無窮，頗有力拔山兮的氣慨，彈跳能力也非常的好，可以一跳而躍過城牆。他在當張平養子的時候，因為喜歡張平的一個小妾，與其私通，事情洩露之後，他便自宮謝罪，這才使得鬍鬚脫落，聲音變得極為尖銳。

苻雄討張平時，張蠔的勇猛讓氐人喪膽，出入秦軍陣中如入無人之境。後來被鄧羌、呂婆樓設計抓住，張平滅亡，便歸順秦軍。

張蠔聽到鄧羌的話，操起手中一柄鋼叉，抱拳道：「多謝大將軍，末將必擊殺姚襄！」話音剛落，便向前奔出，身體在雪地上幾個跳躍人便遠去。

姚襄帶著姚益和三千羌騎正圍繞著村莊圓圈打轉，見到薄弱地帶的氐人，便是一陣衝殺。此時他剛剛解救出自己的老弟姚勉，加上被救出來的一千士兵，合兵一處，越聚越多，漸漸地收攏了五千騎兵。

正在姚襄得意之時，卻突然遭到鄧翼的攻擊，五千人如同一根被破開的竹子一樣，瞬間被分成兩邊，鄧翼帶領的氐人騎兵將姚襄的兵馬攔腰斬斷。

虎父無犬子，鄧翼阻斷姚襄的羌騎，大聲喊道：

「梁楞、梁安左邊攻殺，魚遵、辛勞右邊攻殺，千萬不能再讓羌人聚攏在一起！」

梁楞、梁安、魚遵、辛勞四將同時應聲，便各自帶著兵馬按照鄧翼所說，分開擊殺羌騎。

第九章

日落西秦

秦軍陣中，苻雄陰鬱的臉上顯得更加憂愁，
他看到的是一支龍騎虎步的精銳之軍，
這一戰，是秦國的生死之戰，
如果敗了，剛剛光復的秦國就會再次滅亡，
如果勝了……或許，沒有勝利的可能了。

在鄧羌的軍中，雖然鄧翼的職位並不是很高，但是作為鄧羌的兒子，其餘眾將還是給了他幾分薄面，所以聽到鄧翼的話，也就沒有任何反對。

姚華還帶著羌騎在村莊中與秦將王魚、毛貴激戰，衝突不出，而村莊外的羌騎再次陷入了秦軍的奮力擊殺中，落馬者多矣。

秦軍的總數雖然少，但是蟄伏了兩年多所保留下來的都是精英，所以每戰大將軍府中的眾位將軍都能上陣，加上人才濟濟，使得秦軍仍是關中強者。

姚襄被鄧翼如此一衝，部隊斷成了兩截，他從火光中看見鄧翼的相貌與鄧羌相仿，便指著鄧翼說道：「姚益，那人必是鄧羌之子，快去將他擒殺！」

姚益「諾」了聲，拍馬直取鄧翼，正向前衝刺間，卻忽然見側面張蠔跳躍而來，他驚奇萬分，見張蠔一躍跳過他的頭上，寒月之下，三尖鋼叉迎面撲來，姚益直接被他插死，喊都沒來得及喊出來。

姚襄看到這一幕，心猶如被鋼刀割了一下，痛徹心扉，大叫道：「我要殺了你！」策馬而出，提槍縱馬，便向張蠔駛去。

但見張蠔兩個起落，便舉著鋼叉從姚襄面前擊來。姚襄反應迅速，後仰身子，將後背貼在馬背上，長槍順勢高舉，想去刺張蠔一槍，卻被張蠔用鋼叉撥開。

姚襄馬匹奔馳出去，坐起身子來，還沒來得及掉轉馬頭，回頭看到張蠔又彈跳了過來，鋼叉高高舉起，他心中一寒，急忙翻身下馬，張蠔也就從戰馬身上劃過。

姚襄瞪著驚恐的眼睛，看著張蠔，像是看到了鬼一般，自言自語地道：「縱使陶豹在此，也絕沒有如此彈跳能力，這人到底是人是鬼？」

來不及細想，張蠔又已經跳到他的身邊，一聲大喝，鋼叉從手中脫落，朝著姚襄的面門直接撲來。

姚襄急忙舉起長槍擋住，便聽見「錚」地一聲巨響，雙手虎口被震出血來，長槍也隨之從手中脫落，緊接著，便見張蠔一腳踢來，正中姚襄胸口。

姚襄胸口挨了一記重擊，但覺得胸廓間的兩根肋骨斷裂，大口吐出了鮮血，仰面而倒。

翻了兩翻，姚襄還沒有爬起來，便見一雙大腳落在自己的面前，抬頭向上一看，張蠔手舉鋼叉，猛然向下一插，他大叫一聲，三尖的鋼叉便直接插入頭顱，一命嗚呼。

張蠔從姚襄的腰間抽出彎刀，直接砍下了姚襄的腦袋，高高舉起喊道：「姚襄已死！不想死的快快投降！」

姚勉聽到這聲巨吼，回頭張望，但見張蠔高舉著姚襄的腦袋，他急忙大叫道：「老哥！」一雙眸子裏充滿了仇恨的血絲。

姚勉猛然回頭，手中長槍迅速抖動，同時叫道：「為軍長報仇，殺了這些該死的氐人！」

然而，羌族士兵此時早已筋疲力盡，加上秦軍又多過他們，血拼到最後的結果，竟然是羌騎全軍覆沒，無一生還，鮮血染紅了村莊周圍五里的雪地，殷紅的血，白白的雪，在清晨形成了最強烈的反差。

戰後，鄧羌騎著戰馬四處巡視，看到屍體堆積如山以及被燒毀的村莊，心中籠上一層陰霾，道：「姚襄也算是個英雄，他的羌騎曾經是這個時代的奇葩，如今近兩萬的羌人全部戰死，我們也不該讓他們暴屍荒野。傳令下去，將姚襄的屍首送還漢軍，其餘的羌人就地焚燒掩埋！」

此戰，鄧羌以四千多人的陣亡，一鼓作氣消滅了姚襄的整個羌騎，可謂大獲全勝。但是，他的臉上卻顯現不出絲毫的快樂，因為他清楚地知道，姚襄死後，秦國將會面臨更大的災難。

潼關城內。

孟鴻正在帶領著漢軍士兵修葺城牆，自從姚襄帶著兩萬羌騎追擊鄧羌之後，他的心裏便一直很擔心。在讓人給駐守洛陽的相國王猛送去求援的書信後，他便命令大軍馳入潼關城，堅守那裏。

潼關城早已破舊不堪，房屋也在兩天前被撤退的秦軍焚燒，如今的潼關，只能用廢墟來形容。但是，潼關的重要位置，使得孟鴻不得不將其佔領，雖然他有預感姚襄會敗，但是無法勸解他，也只能先佔領此關，等待援軍，使眾人不至於沒有棲息之地。

潼關內，李老四、劉三各自帶著自己的部下從關外運來石頭修葺潼關城。潼關的西關門沒有破損多少，城牆上的譙樓猶在，幾十個士兵便駐守在譙樓裏，向關外眺望。

一個士兵老遠看到幾名秦軍的騎兵緩緩向西關門駛來，臉上一驚，急忙敲響譙樓上的警鐘。鐘聲被敲響的一剎那，關城裏的漢軍都紛紛丟下手裏的活，立馬操起武器，集結在一起。

孟鴻急忙走上西關門的譙樓，看到幾個秦軍騎兵緩緩地到了關下，並且將一個血淋淋的布袋丟在雪地上。

一個秦軍士兵向前跨出一步，朝潼關城樓上高聲喊道：「大將軍有令，讓我等將姚襄屍首送還，並且希望貴軍停止進攻，和睦相處，不要再增加殺戮！」

說完這話，那士兵立即掉轉馬頭，帶著另外幾個士兵快馬加鞭的離開了關外。

譙樓上，孟鴻的身子晃了兩晃，險些跌坐在地上，心中悲憤不已，自言自語道：「我料到姚軍長會敗，卻不想姚軍長會兵敗身亡，我沒能及時的勸阻他，這一切都是我的罪過啊！」

聲音落下，孟鴻當即拔出腰中佩劍，便要抹脖子。

「你幹什麼？」

李老四剛上城牆，便見孟鴻欲拔劍自刎，急忙跑過來一把抓住孟鴻的手，大聲叫道。

孟鴻的手被李老四抓得隱隱生疼，長劍拿不住，一下子掉在地上，嗆啷一聲發出了聲響。

李老四看到關外那個血淋淋的布袋，問道：「秦軍呢？那布袋又是什麼？」

孟鴻哀痛地道：「那布袋裏裝的是姚軍長的屍首，看樣子兩萬羌騎是全軍覆沒了。我沒能及時勸阻姚軍長，以至於釀下如此結果，我對不起姚軍長，對不起死去的羌人，更對不起大王的厚望。李將軍，你就讓我以死謝罪吧！」

「什麼？姚襄死了？快去將姚軍長的屍首抬進來。」李老四朝一邊的士兵喊道。他鬆開孟鴻的手，冷笑道：「死？你死了就能讓姚襄復活嗎？就能拯救那些死去的羌人嗎？你要是想尋死，就在大王面前死，你現在死了，大王怪罪下來，誰來承擔？你要是還有一點良知的話，就給我活著，等見了大王，大王自有分寸。」

「對，羌騎全軍覆沒，對我軍打擊實在太大了，這是漢軍有史以來的第一次戰敗，真沒有想到氐人會如此的厲害。當務之急，就是將此事迅速稟告大王，讓大王再次發兵前來攻打秦國，將那些氐人全部消滅！」後上來的劉三聽到後，附和道。

孟鴻嘆了口氣，道：「哎！李將軍說得對，我死了也無濟於事，大王怪罪下來，我一力承擔，與你們無關。我這就去寫戰報，派人將這件事稟告給大王！」

李老四一把抱住孟鴻的肩膀，勸解道：「這就對了，你是軍師，這罪雖然有你的份，但是我們會與你一起扛，何況是姚襄自己不聽你的建議，貿然追擊的，大王如果怪罪下來，我和劉三都會替你證明的，現在你就帶我們緊守此關即可。」

「嗯，我這就去寫戰報！」孟鴻聽了，終於回心轉意道。

唐一明將苻堅留在廣固城的半個月後，等來的卻是漢軍戰敗、姚襄身亡的消息。

當他聽到這個消息時，整個人差點跌坐在地上，不光是因為死了一個姚襄，還因為兩萬羌騎就此化為烏有，對於漢軍的實力實在是大大的損失。

唐一明沒有將姚襄的死訊告訴姚倩，也沒有將兩萬羌騎戰敗的消息公諸於眾，而是將此消息徹底地隱瞞了下來。

可是，瞞得住這邊，卻瞞不住那邊。在濟北也有一個人同樣在關注著這場戰爭，那就是姚萇。

漢軍西征，姚襄掛帥，帶走了大部分的羌族騎兵，只將三千羌族的騎兵留給駐守濟北的姚萇。

戰敗的消息傳到洛陽時，姚萇剛好派人去打探情報，得知姚襄、姚益、姚蘭等人和兩萬騎兵全軍覆沒的消息，不禁痛徹心扉，也顧不得自己肩膀上的重擔，便策馬狂奔，獨自一人來到廣固。

漢王府的偏殿中，姚萇跪在地上，俯首泣道：

「大王，我姚氏一族自從跟隨大王以來，一直忠心耿耿，我老羌更是唯大王的命令是從，如今姚氏一門只剩屬下一人，屬下兄弟四十二人，子侄一百六十七人，盡皆在此戰中喪命，兩萬精騎也全軍覆沒，剩下的都是些孤兒寡母，對我老羌實在是一個重大的打擊。屬下沒有什麼大能耐，只求大王速速發兵攻打秦國，替我老羌死去的族人報仇，屬下甘願為大王的開路先鋒，勢要平滅秦國！」

唐一明的心中也是很不好受，這是他有史以來第一次大敗，而且還敗得那麼慘。

他看到跪在地上痛哭不已的姚萇，便走到姚萇身邊，將姚萇扶了起來，安慰道：「我知道你的心情，我又何嘗不痛心呢？你放心，滅秦之戰我已經在秘密調動，濟北是個重要的地方，還需要你來駐守。」

「大王，屬下不要再駐守濟北，屬下要跟隨大王一起上陣殺敵，就算是戰死沙場，也在所不惜。」姚萇一聽到唐一明要他回濟北，神情激動，打斷了唐一明的話。

唐一明語重心長地道：「叔父！你是姚倩的叔父，也就是我的叔父，我叫你一聲叔父，是因為姚氏一門就只剩下你一個了。羌族遭此大難，我的心裏也不好受，如今羌族失去了首領，妻子失去了丈夫，孩子失去了父親，正是需要安慰的時候，羌騎戰敗的事，我一直在隱瞞著，就是怕引起整個羌族的恐慌，如今，也只有你可以

安撫他們，我希望你能留在後方，為了你們羌人，也為了你自己。我不希望看到你也戰死沙場，希望你能帶領姚氏，興盛姚氏，你懂嗎？」

姚萇沒有說話，陷入了深深的沉思中。

「叔父，濟北還有三千羌騎，你現在不在濟北，我怕羌騎報仇心切，不受調動，擅自離開駐地去秦國尋仇，如果再失去這三千羌騎，那整個老羌就等於沒落了。你放心，我一定會發兵滅秦，只是現在羌族還不太安定，我又怎麼能放心出征？」唐一明緩緩說道。

姚萇神情失落，聽到唐一明的話很有道理，便擦拭掉臉上的淚水，向唐一明敬了一個軍禮，道：「大王，姚萇一時情急，險些忘記了這事，濟北還需要屬下，屬下這就立刻趕回去穩定我老羌的人心，讓大王能夠安心出征，平滅秦國！」

「嗯，叔父，你且回去吧，暫時不要將此事傳出去，羌族百姓都在廣固城中，你要好生照看那三千羌騎，等秦國滅亡後，我再將此事公諸於眾。」唐一明道。

姚萇點點頭，道：「大王放心，屬下自有分寸。不過，屬下還有一事相求，希望大王能夠答應！」

唐一明道：「叔父，你請說吧！」

姚萇道：「鄧羌是我老羌的世仇，先刺傷我老爹，致使老爹重傷而亡，現在又使得我兄弟子侄全軍覆沒，我希望大王在滅秦的時候不要殺鄧羌，將他抓住，交給我老羌處置！」

唐一明想了想，見姚萇用一雙期待的眼神看著他，想不答應也不成，便點點頭道：「好，本王答應你。」

姚萇得到了唐一明的許諾，便行了個禮轉身離開，快馬飛馳朝濟北而去。

姚萇走後，唐一明急忙佈置西征事宜，雖然此時已經進入寒冬，但是如果不發兵，對戰死的那些羌人不公，同時也會給予秦國喘息的機會。

唐一明叫來魏舉，讓魏舉寫下數道軍令，一起發了出去。

軍令發出後，唐一明坐在大殿中靜候著。不多時，苻堅便在陶豹的看管下來到大殿。

苻堅身上穿著一件十分乾淨的棉袍，儀容整潔，已經不似當初的那種蓬頭垢面的邋遢模樣，站在那裏，愈發顯出英武之氣。

唐一明見苻堅到了，便擺擺手，將周圍侍衛都摒退下去，打量了一下苻堅，問道：「這半個月來，你在廣固住得可還習慣？」

苻堅冷冷地說道：「身為階下之囚，處處受制於人，又有什麼習慣不習慣的？大王今日召見我，是不是已經決定要殺我了？」

陶豹站在苻堅身後，聽到苻堅出言不遜，便朝他的腿彎狠狠地踢了一下，斥道：「敢對大王無禮？跪下！」

苻堅猛然被陶豹一記重踢，膝蓋隱隱生疼，撲通一聲便跪在地上，他雙手撐地，想要站起，卻不想陶豹雙手用力壓住他的脖頸，讓他抬不起頭來。

「夠了！陶豹，不得對秦國的太子無禮！」唐一明道。

「可是大王……」陶豹不滿地道。

「別說了，你先放開他，沒我的命令不得動手。」唐一明喝斥道。

陶豹無奈，只好狠狠地瞪了苻堅一眼，鬆開手，退到後面緊盯著苻堅。

苻堅擺動了一下雙臂，稍微緩解疼痛後，站了起來。

「苻堅，我現在還不知道該如何處置你，我叫你來，是想讓你跟我一起去秦國。你在漢國住了半個月，也見識了許多東西，我想，漢國境內的民風如何，你自己也很清楚，與關中百廢待興的秦國相比，誰更有能力佔據關中，我想不言可喻。」唐一明道。

苻堅冷哼一聲道：「漢王要帶我去秦國，是不是之前派去的軍隊被我秦國的軍隊打敗了，漢王想拿我去要脅秦國？我苻堅雖然淪為階下囚，可是氣節還在，我是不會讓你利用我來要脅秦國的！秦國人才濟濟，上下一心，只要漢王不怕再折損兵力，儘管發兵就是了。」

「哈哈哈，好狂妄的口氣，不愧是一代……」唐一明想說一代大帝，話到嘴邊才發覺不合適，便停住了，想了一會兒，道：「你放心，我不會用你來要脅秦國，我只想讓你看看我們漢軍真正的實力。」

「哦，在我眼裏，無論是漢人還是晉人，在勾心鬥角上或許略勝我們氐人一籌之外，在打仗上嘛，就不值得一提了。漢王之所以強大，是因為漢王的軍中擁有別人沒有的東西，比如說炸藥、大炮。如果漢王不用這些東西，堂堂正正地和我們氐人打一場，不管漢軍來多少，秦軍都會將漢軍徹底擊敗，這就是我們氐人的實力，秦國的實力！」

苻堅越說聲音越大，到最後，乾脆指手畫腳起來了。

陶豹站在苻堅背後，見苻堅如此囂張，忍不住向前邁出步子，想要警告苻堅，見唐一明對他搖搖頭，示意他不要亂動，無奈地站在原地，將手中拳頭握得緊緊的，恨不得一拳將苻堅擊倒在地！

「哈哈哈，苻堅，你果然聰明，想用激將法來激我？不過沒有用。我既然擁有這樣先進的武器為什麼不用？落後就要挨打，這是血的教訓。論體格，論戰鬥技巧，或許我們漢人不如你們氐人，但是比智慧，你們這些氐人遠遠不夠，跟我這樣一個飽受幾千年文化積澱，擁有先進科學知識的人比還差得遠。苻堅，這次戰爭是滅秦之戰，我會親自出征，也會帶上你，讓你見識見識什麼是先進，等到秦國滅亡之後，你要是肯投降於我，我會欣然接受，要是你仍然寧死不降，我也絕不留你，以免成為後患。」唐一明道。

苻堅默不吭聲，心中卻很是苦惱，因為他每天身邊都跟著一個像兇神惡煞般的陶豹，只求速速一死；可是在廣固城的這些日子，他也深深地感受到漢國境內與眾不同的地方，與胡人不同，與晉人更是大不相同。

「陶豹，你把他帶下去好生看管，如果他有什麼意外，我一定重重罰你。」唐一明怕苻堅會自裁，特別交代道。

陶豹扭著臉，不解問道：「大王，一個囚犯，要死就死了，為什麼還要重罰俺？」

唐一明斥責道：「少廢話，你再多話，滅秦之戰我就不帶你去了。」

陶豹一聽，忙道：「俺要去，俺要去，俺聽說關中有個叫張蠔的，是個厲害的角色，俺想和他鬥上一鬥。」

說完話，陶豹便推著苻堅離開了大殿。

唐一明留下魏舉輔佐王妃李蕊鎮守廣固，自己帶著陶豹、孫虎、趙乾以及一萬士兵奔赴潼關，讓王猛總攬全國軍政。

十二月初三，唐一明帶領大軍到了潼關，與早先到達的傅彥以及駐守的孟鴻合兵一處，大軍七萬開始向秦國進發。

初四，唐一明以傅彥所帶領的三萬鮮卑騎兵為先鋒，自己統領四萬步軍、炮兵團緊隨其後，經過華陰，逼向渭南。

漢軍七萬大軍來攻，又是漢王親自掛帥，鬧得長安城中人心惶惶。

長安城的皇宮大殿中，秦帝苻雄高坐在皇帝的寶座上，身穿龍袍，頭戴龍冠，陰鬱著的臉龐上皺紋縱橫，顯示了他所經歷過的滄桑。

他本是秦國丞相，自秦國滅亡之後，他便和鄧羌帶領秦國餘孽隱遁山林，為了光復氐人的秦國而做出努力，兩年來無不殫心竭慮，可是當他光復秦國之後，卻面臨了更大的勁敵。

他的眼裏充滿了攝人的光芒，遍覽群臣，緩緩地說道：

「如今漢王唐一明親自率領大軍七萬前來，據探馬來報，前部先鋒乃是燕國降將傅彥，此人曾經是燕國八大將之一，智勇雙全，更兼唐一明雄才大略，諸位愛卿可有何禦敵之策？」

大殿中，一位年過四十的漢子，身穿墨色的垂地長袍，頭上綁著一個髮髻，一根紅木簪子從髮髻中穿過，寬大的額頭，深陷的眼窩，從文臣的隊伍中向外側跨出兩步，深深地做了個揖，說道：

「陛下，漢軍佔領潼關，現在已經過華陰，進入渭南了，大將軍在臨潼陳兵，周圍都是平原，無險可守。臣以為，漢軍鋒芒正盛，如果躲避的話，長安會成為其攻略的目標，如果不避，決戰臨潼，只怕大將軍的兵馬太少，加上漢軍又有先進武器，我軍無法取勝。」

苻雄看了看說話的人是太尉呂婆樓，便問道：「呂太尉，你這話豈不是等於沒有說嗎？如今漢王帶大軍前來，整個秦國的軍隊加一起還不到五萬，而漢軍有七萬，又有先進武器，目的明確，就是為了要消滅我們秦國。如今的秦國已經不再是兩年前的秦國了，關中疲敝，百姓凋零，朕要御駕親征，在臨潼與漢軍決一死戰，就算是戰敗了，也要戰出我秦國的威嚴來！」

呂婆樓扭過頭，看了一眼身後的梁平老，朝他使了個眼色。梁平老扭過頭，私下擺了擺手，沒有說話。

呂婆樓嘆了口氣，說道：「陛下，臣以為不如保存實力，退守他地，關中之地雖然是我秦國根基，但是我國經過兩年的蟄伏才有這數萬精兵，如今不如再次蟄伏，留得青山在，不愁沒柴燒。」

苻雄搖搖頭道：「兩年時間，朕的心力交瘁，已經無法勝任，何況漢軍非燕軍，聽說漢王治理有方，關中有不少百姓都逃到了漢國。如果我軍這次不能度過危機，朕戰敗之後，你們就帶著所有氐人投降漢王吧。關中雖然是塊寶地，但是今非昔比，卻不是我秦國的寶地了。」

眾臣聽了苻雄的話，沒有一個人不唉聲嘆氣的。

「好了，就這樣吧，留下五千人守長安城，朕帶著一萬五千人支援大將軍，準備和漢軍在臨潼決戰，一戰決定關中的歸屬！」

苻雄站起身子，一甩衣袖，走出了大殿，眼神裏儘是落寞。

臨潼，位於關中平原中部，是長安的東大門，也是長安城外最後一個可以設防的地點。

秦國大將軍鄧羌本來在渭南駐紮，得知漢王唐一明親自帶兵前來，便主動退讓，在臨潼深溝高壘，積極佈防。

唐一明將大軍駐紮在臨潼城外的新豐，營寨大起，七萬大軍盡皆屯駐在那裏。中軍主帳中，傅彥將前線消息一一稟告給唐一明。

唐一明聽後，驚奇地道：「哦，秦國皇帝苻雄御駕親征？倒是有意思，看來他是想和我軍決一死戰了，想一戰定勝負。好，我就成全他。傅彥，傳令三軍，今夜好好休息，養精蓄銳，明日早起進攻臨潼，我要徹底消滅秦國的這一支主力軍！」

傅彥「諾」了一聲，便出了大帳。

唐一明斜眼看了一下站在大帳中的苻堅，見他的臉上滿是憂慮，便問道：「苻堅，你是不是在擔心你的父親？」

苻堅沒有吭聲，此時的他，身上穿著漢軍士兵的衣服，在陶豹的看管下筆直地站在那裏。

軍裝穿在他的身上，顯得極為英挺。這是唐一明故意的，他不給苻堅別的衣服，只讓他穿著漢軍士兵的衣服，是因為不想讓氐人認出他來，他要和秦軍進行一場真正的決戰。不過，卻算不上公平，因為秦軍沒有炸藥和大炮。

唐一明見苻堅不吭聲，不再追問，對陶豹說道：「今天和明天你要好生看管他，不能讓他給跑了。」

「大王放心，有俺在，他跑不了。不過，大王一定要答應俺，明日開戰之前，讓俺先會會張蠔。」陶豹要求道。

唐一明答應道：「沒問題，張蠔是個勇將，也只能讓你來一試高低了。」

陶豹嘿嘿笑了兩聲，推著苻堅便走出大帳。

決戰的時刻來臨了，唐一明光明正大的給秦國的皇帝苻雄下了一封戰書，想約在臨潼和新豐之間的平原上進行決戰。苻雄答應了，帶著臨潼裏四萬精銳，連同所有的秦國戰將，一起陳兵於野。

唐一明將漢軍鮮卑裔的三萬騎兵分成三列，傅彥領一萬騎兵在整個漢軍隊伍的最前面，趙乾帶領一萬在左邊，孫虎、宇文通同時帶著一萬在右邊，中間是劉三、李老四的步兵方陣，炮兵團遠遠地在後面，由孟鴻率領，帶領著一萬強弓硬駑的部隊嚴密防守，五萬五千人的大軍如同泰山一樣壓在這片平原上。

沒有陰謀，沒有詭計，有的只是實力和實力的較量。不過，相比之下，秦軍的實力遠遠的遜色了許多。

漢軍中軍陣中，唐一明騎著火風，全副武裝，戴著金盔，穿著金甲，披著一件大紅色的披風，在白雪茫茫的平原上，顯得煞是引人注目。

他一手提著韁繩，一手罩在腦門上，眺望七八里外的秦軍隊伍。良久，他呼出一口氣，從嘴裏吐出一陣白霧。

「苻堅，你看見了嗎，那位就是你的父親，秦國的皇帝。他明明知道打不過我，卻還要硬著頭皮上，我欣賞你們氐人的作風。我現在放你回去，請你勸勸你的父親，讓他放下兵器，向我投降，我保證善待你們氐人。」唐一明扭過臉，對身邊的苻堅說道。

苻堅感到很是詫異，他一直以為唐一明是想拿他來要脅秦國，現在乍聽唐一明要放了他，他卻有點猶豫，緩緩問道：

「漢王……你真的要放了我？」

「秦國大勢已去，識時務者為俊傑，當年你們氐人侍奉石趙，頗為忠心，只是因為後來的動亂而崛起於關中，如今的秦軍已經今

非昔比，經過一次滅國之戰，關中的百姓也為之動搖。看看你們秦軍，再看看我們漢軍，這場戰爭的勝負不言而喻。我不想再增加殺戮，只要你們氐人能真心投誠，我必會善待之。你回去吧，將我的意思轉告給你的父皇，不管你們是戰還是投降，滅秦，本王勢在必行！」唐一明朝陶豹擺擺手，淡淡地道。

苻堅在馬背上沉思了一會兒，向唐一明抱拳道：「漢王大義，苻堅感激不盡，我這就回去，將漢王的意思轉告給父皇，至於是戰還是降，一切都在我父皇的決定。如果是戰的話，還請漢王不要手下留情，因為我們一旦開戰，絕對是勇猛向前，絕不退縮。漢王，苻堅十分感謝你這些日子對我的照顧，就此告辭！」

話音落下，他大喝一聲，策馬狂奔，向秦軍的陣地飛馳而去。

秦軍陣中，苻雄陰鬱的臉上顯得更加憂愁，他看到的是一支龍騎虎步的精銳之軍，人數也遠遠超過他的部隊。

秦軍五萬主力，他出動了四萬，這一戰，是秦國的生死之戰，如果敗了，剛剛光復的秦國就會再次滅亡，如果勝了……或許，沒有勝利的可能了。

大將軍鄧羌在苻雄身邊，看到苻雄一聲不吭，忍不住問道：「陛下，此戰……此戰過後，陛下有何打算？」

苻雄已經遭受過一次亡國之痛，豈能再次承受？他長嘆一口氣，重重說道：「朕……誓與此戰共存亡！」

鄧羌從苻雄的話語間聽出了他的決定，露出了這一個多月以來的第一次笑容，扭過頭，看著遠處的漢軍陣地，發出洪亮的聲音說道：「陛下，鄧羌願與陛下共生死！」

苻雄皺著眉頭，沉重地道：「永固人不在，希望他不要回來，他是朕最後一個兒子，也是苻氏的最後一點血脈，苻氏還需要他來傳承，哪怕在秦國滅亡後，能在漢境裏做一個普通老百姓，也好過這種生活啊。」

「陛下，太子文武雙全，才華出眾，難道陛下就不想給陛下留下一些積蓄嗎？」鄧羌聽後，反問道。

苻雄搖搖頭道：「積蓄？你和朕共事多年，朕的性格你還不清楚嗎？兩年來，我們過著亡國的生活，整日將復國大業掛在嘴邊，

可是真等到復國之後……哎！永固聰明出眾，以他的才華足以擔起一國之重任，可是如今秦國將要再次面臨滅亡的危機，朕不想讓他做個亡國之君，過著整天提心吊膽的生活，希望他能夠有一個安定的生活，平凡地過一生。朕已經交代群臣，戰敗後不可抵抗，舉城投降，這樣可保關中百姓太平。」

鄧羌聽後，不禁長嘆了一口氣，看著遠方，但見空曠的雪原上奔來一匹快馬，定睛一看，居然是苻堅。只是苻堅穿著漢軍的衣服，讓他看了好一會兒才認出來。

「陛下，快看，是太子殿下！」早有眼力好的士兵看出，興奮地指著苻堅，大喊道。

苻雄也看到了，只是他臉上沒有絲毫喜悅之情，反而變得更加陰鬱了。他看到苻堅穿著漢軍的服裝，那身服裝似乎是專門為苻堅量身定做的，將他顯得颯爽英姿，帥氣逼人。

他見苻堅向這裏招手，嘴唇蠕動了兩下，道：「難道這是天意嗎？老天要讓我氐人歸順漢軍嗎？」

本來嚴肅的秦軍陣裏，突然多了一絲莫名的歡喜，苻堅的歸來讓他們感到無比的親切，這位放蕩不羈的秦國太子，在秦國軍隊的士兵和將領之間擁有著頗高的聲望，雖然還沒有真正的打過一仗，卻聲名遠播，甚至快要蓋過秦國名將鄧羌。

軍陣中，呂光顯得比誰都興奮，他與太子苻堅是從小玩到大的兄弟，見到苻堅歸來，顧不得可能會觸犯軍紀，立即縱馬而出，一邊奔跑一邊大聲喊道：「太子殿下！太子殿下！」

苻堅在外流浪了三個月，看到呂光快馬相迎，也大聲喊道：「光頭！我回來了！」

光頭是呂光的綽號，兩人顧不得是在兩軍陣前，翻身下馬相互擁抱著，然後並肩牽馬回營。

苻堅所經之處，秦軍士兵無不歡欣鼓舞，紛紛給他讓開一條路，並且親切地喊他太子殿下。

苻堅走到苻雄面前，雙膝跪在地上，向苻雄磕頭拜道：「父皇，孩兒回來了！」

苻雄看著苻堅，見苻堅比出走前更加黑壯，心中雖然歡喜，但是面對數萬漢軍，只輕描淡寫地道：「回來就好！」

鄧羌趕忙將苻堅扶起，拍打著他膝蓋上的白雪，問道：「太子殿下，你怎麼會穿著漢軍的衣服？」

苻堅嘆道：「一言難盡啊！父皇，兒臣之前在廣固城被漢軍擒獲，就一直被關在漢王府裏，今天是漢王將兒臣放回來的。」

「沒想到唐一明會如此深明大義，不但沒有用你來要脅我們，反而將你放回來。」苻雄狐疑道：「他是不是要你轉達什麼話？」

苻堅點點頭，再次跪在地上，道：「父皇，漢王讓兒臣轉告父皇，只要父皇投降，他絕對會善待關中百姓，善待我們氐人；如果父皇不願投降，那兩國只能兵戎相見。漢王還說，不管是戰是降，他這次出軍，都勢必要滅掉秦國，將漢軍的大旗插遍關中！」

苻雄沒有說話，目視著前方的漢軍，陷入沉思中。

「父皇……」

「行了，別說了，起來吧。我問你，漢軍的實力真的像傳聞中的那樣厲害嗎？」苻雄問道。

苻堅點點頭，道：「兩年前，燕軍攻打我國，用的炸藥就是出自漢國，普天之下，只有漢國才會製造。如今，漢軍有了更厲害的武器，叫大炮，漢軍用大炮和燕軍作戰，短短一個多月便將燕軍逼到黃河以北，這種實力遠非我們所能企及的。父皇，兒臣並非是危言聳聽，以我們這僅有的四萬兵力對付漢軍，只怕還沒有衝過去，就會被大炮炸得死傷過半。這次漢王為了滅秦，還特別帶來一個炮兵團，更是勢在必得。」

苻雄和眾將聽後，都面面相覷，心中生出了幾分畏懼。

「怕什麼？當年燕軍也有炸藥那樣的武器，我們還不是照樣在劣勢之下連續斬殺燕軍近十萬人嗎？陛下，臣願意帶一支敢死隊，繞過正面，襲擊其背後！」雷弱兒不服氣地道。

「此一時，彼一時，燕軍是燕軍，漢軍是漢軍，何況燕軍不也是被漢軍打跑了嗎？」魚遵道。

「不要漲他人志氣，滅自己威風，我們氐人還從未怕過誰，不打一仗，誰能知道結果？萬一我們僥倖勝利了，漢軍必然不敢再犯！」梁安反駁道。

頃刻間，眾位秦國將領迅速分成兩派，一派主張投降，一派主張血戰，吵鬧不休，十分聒噪。

「夠了！吵什麼吵！吵就能解決事情了嗎？都給我閉嘴！」鄧羌大聲吼道。

眾將聽到這聲大喊，紛紛閉上嘴，安靜下來，不再喋喋不休的吵鬧。

鄧羌向苻雄拱手道：「陛下，臣等一切聽陛下吩咐！」

眾將也異口同聲地向苻雄拜道：「臣等一切聽陛下吩咐！」

苻雄目光移動到苻堅身上，問道：「永固，你以為呢？」

苻堅思索了一下，回道：「父皇，箭在弦上不得不發，如今兩軍對壘，陣前只有敵人，如果不做一番拼搏的話，又怎麼能夠知道勝負呢？兒臣雖然之前說了那些話，卻是為關中百姓著想，不過，以兒臣在漢王身邊的這些日子來看，他的確是個仁慈的主，也是個雄主，不管戰爭的結果是勝利還是敗亡，漢王都不會為難關中百姓，請父皇放心一戰！」

苻雄點點頭，朗聲下令道：「傳朕命令，全軍準備出擊，迎戰漢軍！」

「臣等遵旨！」眾將異口同聲回答道。

天空中不知道何時飄起了雪花，北風呼嘯，將雪花拍打在人的臉上隱隱生疼。

關中平原上，臨潼和新豐間不足十五里的空曠雪地上，兩支不同的軍隊即將進行最後一番血的較量。

漢軍陣中，唐一明看到對面的秦軍蠕動，刀槍晃動，嘴角揚起一絲笑容，道：「秦軍還是選擇了戰鬥……陶豹，我答應過你，在這場戰爭開始之前，讓你和秦軍裏的張蠔一戰，你去迎戰吧！」

陶豹一臉歡喜，大喝一聲，便飛馳而出。

他來到兩軍陣前，揚聲喊道：「敵將張蠔何在，快快來與你陶爺爺決一死戰！」

第十章

遠征西域

唐一明想了想道：

「西域不是沙漠就是草原，大炮笨重，不易攜帶，

而且那裏都是馬上民族，帶著大炮會耽誤戰機，

不帶又少了許多威力……算了，我不能總是依賴大炮，

就憑藉真正的實力來征服西域吧。」

一個月後，冰雪消融，道路暢通，唐一明帶著兩萬大軍以及兩百門大炮開赴涼州。

從長安出發到涼州武威郡，大軍行走足足用了半個多月。姑臧城外，西平侯謝艾帶著宋混和諸位部將一起在城門邊列隊歡迎。看見唐一明的大軍到來，急忙將之迎入城中。

太守府中，謝艾和諸位降將異口同聲地向唐一明拜道：「臣等參見大王！」

「免禮！」唐一明將手抬起，目光始終在盯著謝艾看。

他見謝艾身體弱小，怎麼也無法想到他竟然是一個頗有軍事才能的將軍，還曾經三次大戰前趙名將石虎。

一路上，苻堅、呂光給唐一明講解了不少關於謝艾的事情，讓唐一明對謝艾刮目相看的同時，也佩服他的識時務。

「西平侯，你過來，坐到本王的身邊來！」唐一明道。

謝艾不敢違令，當即走到唐一明身邊，從容地坐了下來。

唐一明一把攬住謝艾的肩膀，對宋混等一班涼國降臣說道：

「從此以後，我和西平侯就是兄弟了，我不在的時候，他的話

就是我的話，你們都要聽從，知道了嗎？」

「諾！」

涼國降臣見唐一明對待謝艾如此優厚，心中的不安盡皆褪去。

謝艾聽後，急忙起身，向唐一明拜道：「大王，自古以來，君王都應該有基本的禮儀，大王雖然封臣做了西平侯，可臣心裏明白，臣只是一個亡國之侯罷了，不足以使大王對臣如此厚待。」

唐一明見謝艾十分儒雅，想想孔孟之道大多都是遵循禮節之人，也就不再計較，便對謝艾說道：「西平侯，我這是在對你好，既然你不願意這樣，非要以禮節來禁錮自己，我也無話可說。我這次來，沿途所見，看到涼州百姓大多都能安居樂業，似乎並未受到戰爭的影響，這是怎麼一回事？」

「啟稟大王，這一切皆是西平侯的功勞。涼國復國，西平侯妙計連連，致使燕軍相互在野外攻伐，所以城池並未受到損傷，百姓的房屋和財產也沒有受到破壞！」宋混答道。

唐一明聽了，不禁對謝艾另眼看待，讚賞道：「嗯，西平侯居功甚偉，又為涼州百姓著想，主動歸附於我，我若不賞你，豈不是寒了眾人的心？來人啊，賞賜給西平侯……」

「大王且慢！」謝艾急忙道：「這些並非屬下的功勞，而是涼州百姓的功勞，如果大王要賞賜的話，屬下祈求大王能效仿青州、徐州，減免涼州百姓賦稅兩年。」

「嗯……這個嘛……好，就依你，減免涼州賦稅兩年。」唐一明想了想道：「我來此目的也很明確，就是怕西平侯的兵力不足以威懾西域，所以親自帶來兩萬精銳漢軍。西平侯，聽說你跟西域各國的國王私交不錯，你可以說說西域的形勢嗎？」

謝艾點點頭道：「大王，西域各國雖然四分五裂，都不夠強大，但是他們之間卻互相連通，一旦遭遇到外強襲擊，就會聯合起來。臣跟高昌王、焉耆王、龜茲王、鄯善王、于闐王的關係都不錯，完全可以將其說服，只是北邊的烏孫和匈奴卻有點棘手，臣和他們之間沒有來往，而且烏孫還經常進攻西域各國，在西域中，是最強大的一個部族。幾年前，西域各國還畏懼於涼國的武力，紛紛臣服，一旦遭到烏孫進攻，涼國也會派出援軍相救。只是現在的形勢今非昔比，西域各國畏懼烏孫的武力，便全部臣服於他。」

「你剛才說匈奴？」唐一明吃驚地道。

「對，匈奴在烏孫之北，金山以西活動，與金山以東的鮮卑拓跋部只有一山之隔。不過，匈奴人日益西遷，倒是不足為患，只有烏孫一時難以平定！」謝艾道。

「嗯，這個無妨，有我漢軍到的地方，就能使得烏孫臣服。咱們明日起程，奔赴西域，將大軍挺進西域，威懾西域諸國，然後再商量怎麼平定烏孫！」唐一明道。

謝艾道：「大王，我軍可先到西域長史府歇息，從玉門關出去，一路西行，經過一片沙漠後，便可以到達西域長史府的海頭！那裏離西域諸國最近，北可以攻擊高昌、焉耆，西可以進攻鄯善、于闐，自漢朝以來，大軍皆屯駐於此！」

「要經過沙漠嗎？」唐一明問。

謝艾點點頭，道：「玉門關以西到海頭之間，有一片極大的沙漠，必須穿越過沙漠才能到達，如果走其他路線的話，則會繞得太遠，耽誤時間，不如直接出玉門關！大王放心，敦煌境內和玉門關那裏有許多駱駝，可以供大軍騎行。」

「如果走沙漠的話，那大炮豈不是拉不過去？」唐一明擔心道：「有另外一條路嗎？」

謝艾回道：「有，從瓜州向西北，一千里到伊吾，然後從伊吾向西可到達高昌，之後沿著絲綢之路，再一路向前，便可到達焉耆、龜茲、疏勒。只是這路途似乎太過遙遠，一趟走下來，至少需要兩三個月！」

「嗯，是有點遠。」唐一明想了想道：「西域不是沙漠就是草原，大炮笨重，不易攜帶，而且那裏都是馬上民族，帶著大炮會耽誤戰機，不帶又少了許多威力……算了，我不能總是依賴大炮，就憑藉真正的實力來征服西域吧。」

唐一明思索一番，最後宣布道：「西平侯，就照你的意見，到西域長史府，如果不願意歸順的西域國家，便直接平滅。然後滅掉烏孫，北擊匈奴，向東平定鮮卑拓跋部，我要以戰養戰，環繞一圈，包圍燕國！」

眾人聽後，都似乎感受到一腔熱血，眼前也浮現出一幅宏偉的地圖，同時也感到自己建功立業的機會來了。

天際蒼寥，萬里長空飄來一層薄薄的雲，涼州的空氣遠比中原要乾燥得多。

唐一明帶著兩萬大軍到了姑臧，兼併了謝艾的兩萬軍隊，使得整個涼州屯駐了四萬軍隊。

他想征討西域各國，奈何涼州民心不穩，兵力不足，只得讓王猛從洛陽向關中調集兩萬人馬，再從關中徵調兩萬到涼州。

在等待援軍的日子裏，唐一明在涼州不知不覺便度過了一個多月。

在這一個多月的時間裏，唐一明一面安撫百姓，一面厚待涼國的那些降臣，讓他們真正的以心歸附。除此之外，唐一明還讓謝艾給西域各國的國王寫信，派出使者前去送信，希望能夠招降他們，如果他們肯降，就不用再費兵攻打了。

可是，事情卻沒有那麼順利，西域六國，除了高昌願意投降外，其餘五國均以地處偏遠，漢軍鞭長莫及，因而任意斬殺來使。

消息傳到唐一明耳裏時，他正在姑臧城的太守府裏，當著眾將的面，忍不住大聲罵道：「渾蛋！都他媽的野蠻人！」

謝艾聽到唐一明大罵，急忙俯身在地，告饒說：「大王，罪臣該死，罪臣該死，罪臣太過高估自己了，以至白白地害死了五條鮮活的生命，還請陛下降罪責罰！」

「殺人者是西域人，是那幫渾蛋，跟你有什麼關係？起來！」唐一明厲聲道：「既然西域各國執迷不悟，那就別怪我不客氣了，等援軍一到，我便親征西域！」

「大王乃是萬金之軀，如此蠻荒之地豈能讓大王以身涉險？西域六國原本就是涼國屬地，後來脫離出去，臣智謀不足，萬萬沒有想到他們會如此絕情，臣對西域地形熟悉，願意帶一支偏師征討西域各國，以將功折罪！」

謝艾站了起來，聽到唐一明要親征西域，立即自告奮勇道。

「大王，我也願意替大王遠征西域！」苻堅突然站了出來，朗聲說道。

「大王，讓我去！」呂光爭搶道。

唐一明見三人爭搶著要遠征西域，心想：「這三個人同時搶著要去攻打西域，無疑是想借此機會立下功勞，博取在軍隊中的名聲。涼州百姓剛剛歸附，還不夠穩定，如果我此時一走，必然會將此三人全部帶走，那涼州就沒有合適的人選鎮守了，不如就順水推舟好了。」

想到這裏，唐一明便道：「西域六國，高昌最為弱小，雖然歸附，必然會被龜茲、焉耆所攻，而其他五國地處偏遠，如果一個一個的消滅，會耽誤很多時間。這樣吧，就讓你們三個人兵分兩路前進，謝艾帶兩萬五千人，以宋混為副將，出玉門關，攻擊鄯善、于闐。苻堅領兵兩萬五千人，呂光為副將，從瓜州出發，借道高昌攻擊焉耆和龜茲。之後，你們一起會師，齊攻疏勒，然後再與烏孫決戰。」

謝艾、苻堅、呂光聽後，同時異口同聲地答道：「諾！」

「此次為滅國之戰，你們不可手軟，投降者活，抵抗者殺，勢必要在西域一帶讓他們知道我們漢軍的厲害！」唐一明道。

「臣等遵旨！」

五天後，兩萬援軍到達姑臧城，略微休息了三天後，唐一明便分派出五萬軍隊，將他們一分為二，分別交到謝艾和苻堅的手中，並且親自踐行，歡送遠征西域的軍隊。

此次出征，因為路途遙遠，大炮攜帶不便，所以只能依靠部隊的真正實力來較量。大軍一走，整個涼州就顯得空蕩了許多。

涼州是一個多民族融合、共用經濟社會發展成果的歷史文化名城，其人口的繁榮與衰退，一方面反映了涼州文化的興衰，更重要的是折射出當時社會的穩定與動盪面貌。

前涼時期，涼州同戰亂頻仍的中原相比，百姓生活比較安寧。中原人口為了避戰亂，流寓到涼州者甚多，以至於到張駿時因為無地可安置流民，而在沙磧裏置「石田」安置人口。

當涼州官員將人口總數報給唐一明聽時，唐一明也覺得不可思議，三十萬人口，這個數字對現在來說似乎很少，但是在當時人口總數才幾千萬的時代背景下，已經是很驚人了。

既然佔領了，就不能再讓這些地方丟失，必須加大力度整頓涼州，使涼州成為西北的重要戰略區域。

有了這個想法，唐一明自然而然地便會需要人才。他叫來涼州官員，詢問了當地的一些情況之後，便帶上陶豹和幾個親隨兵，為了找尋人才，他便出了姑臧城，向西行走，直奔敦煌。

敦煌位於古代中國通往西域、中亞和歐洲的交通要道，絲綢之路上，曾經擁有繁榮的商貿活動。以「敦煌石窟」、「敦煌壁畫」聞名天下，是世界遺產莫高窟和漢長城邊陲玉門關、陽關的所在地。

史書記載，前秦苻堅建元二年（西元三六六年）有僧人樂僔行至此處，見鳴沙山上金光萬道，狀有千佛，於是萌發開鑿之心，後遂成佛門聖地，號為敦煌莫高窟，俗稱千佛洞。

不過，此時的敦煌還沒有出現石窟壁畫。因為秦國滅了，苻堅也成為唐一明的屬下，就算要建立的話，也該是唐一明來建立。

只是，此時涼州還不算太平，唐一明在心裏默默地記下了這件對後世文化留下莫大干係的事。

敦煌南枕氣勢雄偉的祁連山脈，西接浩瀚無垠的羅布泊，北靠嶙峋蛇曲的北塞山，東峙峰岩突兀的三危山。在這個靠近沙漠戈壁的天然小盆地中，黨河雪水滋潤著肥田的沃土，綠樹濃蔭擋住了黑風的黃沙；糧棉旱澇保收，瓜果四季飄香；沙漠奇觀神秘莫測，戈壁幻海光怪陸離；文化遺存舉世聞名，社會安定民風古樸，人傑地靈英才輩出……

美麗的敦煌，是一塊富饒、神奇、誘人的土地。「敦，大也；煌，盛也。」盛大輝煌的敦煌有著悠久的歷史，燦爛的文化！

唐一明帶著陶豹和幾名親隨一路跋山涉水，沿途遍覽涼州風光，當他抵達敦煌時，看到那美麗而又神奇的土地，心中不免感慨連連。

在敦煌太守的迎接下，唐一明等人便進入了敦煌城。

「大王親自到來，屬下誠惶誠恐！」敦煌太守金逸在太守府中拜道。

「金太守不必多禮，本王此次前來，事出突然，未能及時通告，只帶親隨數人，除了你之外，別無他人知道，還請不要聲張。」唐一明端坐在太守府中的上首，端起一杯茶，細細地品味了一番。

太守金逸，涼國舊臣，謝艾主動歸順漢國之後，唐一明讓涼國舊臣一律守在原職，除了個別幾個變動了一下外，諸如太守、將軍、都尉都沒有變。涼國舊臣也十分感激，官員大多真心相投，即使是有點顧忌的，也被唐一明的開化給打消了顧慮，從而真心輔佐。

「是，屬下明白！」金逸答道。

「好茶！」唐一明喝了一小口茶之後，讚許道：「涼州也有茶葉嗎？」

「回大王話，涼州茶葉自古就有，只是太過稀少，所以很少外銷，只供當地使用。」金逸答道。

「嗯，這茶不錯，以後要是能發展成一個茶區的話，就可以賣給西域人，呵呵。」

唐一明放下手中的茶杯，輕輕說道：「對了，本王久聞敦煌多俊才，探聽得敦煌索氏乃涼州上士，本王想請教一下，索氏一族居住在城中何處？」

金逸道：「索氏一族都居住在城西，是當地大族，當年燕國大將軍慕容恪也慕名前往招募，可是索氏卻沒有出仕。不過，大王親自來到，索氏必然會欣然接受。大王在此稍坐，屬下這就派人去請索家人前來見大王。」

「名士一般都十分清高，燕國盛極一時，慕容恪權傾朝野的時候，索家人卻拒絕了慕容恪，這也充分說明他們不畏強權，這樣的人，不可以呼之即來，揮之即去，本王要親自造訪。走！你在前面帶路，本王和你一起去。」唐一明聽了道。

「是，大王！」

索靖是中國書法史上成就卓著的書法家，字幼安，是西晉時期敦煌龍勒（今屬甘肅省）人。他出生在一個累世官宦之家，官征西司馬、尚書郎，封安樂亭侯，謚日莊。善章草書，峻險堅勁，自名曰「銀鉤蠆尾」。

索靖之後，索氏多在前涼為官，索氏兄弟六人，前涼滅國之後，索氏兄弟便榮歸鄉里，不再當官，慕容恪當時也曾親自去請，卻未能如願，謝艾復國之後，索氏也不再為官。

索綏、索泮、索襲、索遐、索菱、索孚，兄弟六人，才情各有不同，謂之索氏六俊，敦煌人以及涼州人多為尊敬，為涼州上士，也是涼州第一大氏族。

在金逸的帶領下，唐一明來到索氏所居住的城西風雅巷。風雅巷裏，六座大宅並排而立，門匾上都統一寫著「索府」兩字，字體大氣滂沱，筆走龍蛇，頗有大家風範。

六座府宅，座座大門緊閉，黑漆大門上遙相呼應，形成清一色的墨色。

唐一明見了這府宅，心中感到大為奇特，他知道，古代王公貴族的住宅大門漆成紅色，表示尊貴，所以才有了後來「朱門酒肉臭」的詩句。

不解之下，也讓人十分好奇，便問道：「金太守，六府座座黑漆，這是何意？」

以索氏在涼州的影響力，足可堪稱得上是貴族豪門，所以才會令人費解。

金逸搖了搖頭，嘆了一口氣道：「大王有所不知，索氏一門，自從前涼滅國之後，便將府門全部塗成黑漆，自降身分，以緬懷前涼王張氏一族。」

「真忠臣義士也！」唐一明聽後，不由得發出了感慨！

金逸徑直走到第三家府門前，揚起手，便在府門上敲了三下，並且高聲叫道：「敦煌太守金逸，前來求見德林先生！」

唐一明一路上詢問了一些有關於索氏的情形，知道索氏六兄弟以索泮為首，德林便是索泮的字。

不多時，便見府門開了一個門洞，一張略顯得蒼老的臉龐露了出來，看見是太守金逸，便畢恭畢敬地鞠了一躬，說道：

「太守大人親訪，本來我家主人應該親自迎接，奈何主人昨夜偶感風寒，不便走動，也害怕傳染了大人，特讓小人來通報大人，還請大人見諒！」

金逸臉上一怔，他的家族也是涼州氐族，自己又是敦煌太守，居然被拒之門外，窘迫之下，腦中靈機一動，急忙道：

「哦，請老者再通報一聲，就說漢王親自到訪，請德林先生務必要見上一見！」

「漢王？哪個漢王？」那老者問道。

金逸厲聲說道：「如今涼州全境已經全部歸附漢王，你說還有哪個漢王？」

老者目光向金逸身後掃視了一眼，果然見一個年輕的漢子在眾人的簇擁下恭敬地站在那裏，便急忙對金逸說道：「大人恕罪，小人不知，這就去通報我家主人！」

「啪！」一聲脆響，那老者便關上門，從府門裏面傳出一陣急促的腳步聲。

金逸長出了一口氣，來到唐一明身前，欠身施禮道：「大王，家奴去通報去了，請大王稍候。」

唐一明輕輕地點了點頭，目光轉動，掃視著其他府院的大門，隱約看見門縫中都有一雙眼睛，似乎是在窺探他。

唐一明臉上笑了笑，心中想道：「索氏並非不願意出仕，而是未遇其主而已。剛才金逸一聲大喊，雖然是情急所發，卻足以敲山震虎！」

過不多時，府門大開，索泮穿一身墨色長袍，頭戴高冠，十分禮貌地走了出來。

他掃視眾人一眼，便直接來到唐一明的面前拜道：「草民索泮，拜見漢王！」

唐一明見索泮一身儒雅，頗有風流才俊之身姿，便哈哈笑道：「德林先生，不必多禮。本王前來造訪，差點被看門人給堵在門外，見不到先生了！」

索泮扭過頭，衝身後的那看門老者斥道：「有眼無珠，漢王來了，你應該立即打開大門，恭迎漢王才是！」

看門老者一臉委屈，他也是按照索泮吩咐，但凡有來人，必先通報，然後再作決定。他支支吾吾的，說不出話來，只能站在一邊，低頭哈腰，連聲賠不是。

「德林先生，聽聞你昨日偶感風寒，這外面風大，別再加重了病情。」唐一明道。

索泮急忙道：「漢王親自造訪草民寒舍，草民感激不盡，縱然有病，一聞漢王駕到，病情也早就好了。漢王，外面風大，還是請府中敘話吧。」

「那就恭敬不如從命了，先生請帶路！」

「漢王請！」

請續看《帝王決》8 山河歲月【最終回】